秘帖・源氏物語

翁-OKINA

夢枕 獏

角川文庫 17164

目次

抑《そもそも》、翁《おきな》の妙体《みようたい》、根元《こんげん》を尋《たづね》たてまつれば、天地開闢《てんちかいびやく》の初《はじめ》より出現しましまして、人王の今に至るまで、王位を守り、国土を利《り》し、人民を助け給ふ事間断《ことまだん》なし。本地《ほんぢ》を尋《たづね》たてまつれば、両部《りようぶ》越遇の大日《だいにち》、或《あるい》は超世《ちようせ》の悲願阿弥陀如来《ひがんあみだによらい》、又は応身尺加牟尼仏《おうしんしやかむにぶつ》、法《ほう》・報《ほう》・応《おう》の三身《さんしん》、一得《いつとく》に満足しましします。

一得を三身に分《わか》ち給ふところ、すなわち翁《おきな》、式三番《しきさんばん》と現わる……

——『明宿集《めいしゆくしゆう》』・金春禅竹《こんばるぜんちく》

序

一

異国《とつくに》からやってきた相人《そうにん》が、その子と対面したのは、七条朱雀《すざく》の鴻臚館《こうろかん》であった。

その子を初めて見た時、この高麗人《こまうど》の相人は、

——女か!?

と思った。

それも無理はない。

白い生絹《すずし》の単袴《ひとえばかま》を裾長《すそなが》に身に付けている様子は、確かに女童《めのわらわ》のように見えた。しかし、それ以上にその子を女のように見せていたのは、その肌の白さであった。その白さがまた、ただの白さではない。その肌のすぐ内側に、血の色が透けて見えそうなほどの白さであった。

その肌の内にある血の香りのようなものが、その子の周囲に漂っているのである。

なお、美しい。

七歳と、そのように相人は耳にしていた。

確か、右大弁《うだいべん》の子と言われたのではなかったか。

その子の人相を観《み》てくれと頼まれて、心易く引き受けたのだ。

「風水《ふうすい》のことも、宿曜《すくよう》のことも、ひと通り心得ておりますれば、観てしんぜましょう」

そう言ったのが二日前だ。

それで、今日、その子が、鴻臚館に連れてこられ、今、相人の前に座しているのである。

切れ長の、もの怖《お》じしない眸《め》が、相人を見ている。

自分がその子の相を観ているのではなく、その子に自分が相を見られているような気がした。その子の眸は、この現世《うつしよ》のみならず、この世のものならぬものを、常に見ているようであった。

その子は、ほんのりと唇が紅《あか》く、その唇に何やら甘い蜜《みつ》でも含んでいるかのような笑みを浮かべているのだが、それが、やけに大人びているように見える。

「では――」

と言って、相人は、心気を凝らして、その子を見つめた。

「む、むう……」

と、相人は唸《うな》った。

相人の額や首筋に、ふつふつと汗の玉が浮き、それがだんだんと大きく膨らんで、流れて肌を伝いだした。顔色もだんだんと青ざめてきて、さらに、その身体が細かく震えはじめた。

「な、なんと……」

相人は思わず上体を後ろへ引いて、床へ片手をついていた。

「どうなされた」

と訊《たず》ねたのは、その子の隣に座した右大弁であった。

「い、いや……」

相人は、床から手を離して、額の汗をぬぐった。

「まずは、その子を別の間へ――」

相人が言うので、右大弁は、その子を連れて出てゆき、すぐにまた独りでもどってきた。

「どうなされたのじゃ……」

と、問えば、

「いや、あの子の背後に何か見えたような気がいたしましたのでな」

少し、声を落ちつかせて、相人は言った。

「何か?」

「ひと……い、いや、老爺《ろうや》じゃ。こう、白鬚《しらひげ》を生やした老爺が……」

「老爺!?」

「いや、見間違いじゃ。何やら憑《つ》いているような気がしたは、こちらの思い違いにござります……」

　相人は、幾度も汗をぬぐい、

「しかし、あの子がただの子でないというのは確かじゃ。これまで、何人もの人の相を観てまいりましたが、あのような子は初めてでござります――」

「というと？」

「あなた様の子ということでござりましたが、あの子の持っている相《そう》は、王の相にござります」

「王？」

「国の親となりて、帝王の位に昇るべき相にござりまするが、そうなった時には、国乱れ、憂《うれ》うることの多くありましょう」

「なんと……」

「では、朝廷《おおやけ》の重臣となって、主上《かみ》を助けまいらせ、国を平和《たいら》かにする道はあるかと、それを観ましたところ、そちらにもたいへんな力を発揮《はっき》する能《のう》ありと見えましたが、しかし、どうもそれだけで終わるとも思えませぬ」

「では、いったい……」

「わが手に余る相の御方《おんかた》と覚えます。これよりどのような道をお歩きになるのやら、このわたしには見当もつきませぬ」

異国の人相見は、まだ流れてくる汗をさかんにぬぐいながら、そう言ったのであった。

二

凄《すさ》まじい月光なのである。

青く、さえざえとして、人の魂にまで襲いかかってきそうな月の光なのである。この光の中に立っていると、ものの半刻《はんとき》で、人はもの狂いして、人でないものになってしまいそうであった。

どこに咲いているのか、闇の中に、ほのかに菊の薫りが溶けている。

「なにやらおそろしゅうござります……」

と、女が傍の男に身をよせたのも、これはしかたがない。

屋敷も、庭も、荒れ果てている。

塀《へい》は崩れ、屋根は半分落ち、柱にも軒にも黒ぐろと焼け焦げた跡が残っている。

男が、その女を牛車《くるま》に乗せて、ひきさらうようにして連れてきたのが、ここであった。

着いた時は、まだ明るいうちであり、牛車を入れたのも門からではなく、塀の崩れた場所からであった。牛車は、露に濡《ぬ》れた、女郎花《おみなえし》を踏みながら庭を進んだ。

ふたりがあがったのは、西の対《たい》の屋《や》である。

そこから庭を見れば、薄《すすき》が風に揺れ、地のほとんどは秋の草に覆《おお》われている。まるで、秋の野面《のづら》を見るようであった。

ふたりが入ったそこだけ、屋根に修理《しゅり》した様子があり、床には繧繝縁《うんげんべり》が敷かれ、几帳《きちょう》までが立てられていた。

男の乳母《めのと》の子であるという惟光《これみつ》という者が、忙しく働いて、粥《かゆ》の用意などをし、夕刻に火桶《ひおけ》と灯《あか》りを運んできた。

灯りを置くと、そのまま惟光も退《さ》がってしまい、日は暮れて、今は、男と女がそこにふたりきりだ。

「何か悪物《よからぬもの》の類《たぐい》でも出そうで……」

女が、細い声で言えば、

「出るさ」

男が言う。

「え？」

「出るから、ここにしたのだよ」

「まあ……」

「そなたは、今夜、その贄《にえ》じゃ」

男のその言葉に、女は思わず男の身体から身を離した。

「案ずるな。奴《やつ》らは何もせぬ……」

男の、切れ長のよく光る眸《め》に、灯火の色が映っている。

その双眸《そうぼう》が、女を上から見下ろしている。

「奴ら……?」

「この天地のあわいに棲《す》むもの、ものたちさ」

こともなげに男は言った。

男の、紅《あか》い唇の左右の端がわずかに持ちあがる。

どうやら、男は笑ったようなのだが、女は首筋を冷たい指先で触れられたように、ぞくりと背をすくませた。

「この院《いん》には、様々の噂がござります……」

「あるな」

と、男はうなずいた。

女の言った院というのは、この河原院《かわらのいん》のことで、その昔、かつては左大臣源融《みなもとのとおる》の邸宅であった屋敷である。

源融は、嵯峨《さが》天皇の息子であった人物で、奥州を愛することはなはだしかった。

それで、陸奥国《むつのくに》の塩竈《しおがま》の風景を模して、この地に庭園を作ったのである。南は六条大路、北は六条坊門小路、東は東京極《ひがしきょうごく》大路、西は萬里小路《までのこうじ》に囲まれた広大な庭園であった。

毎月、尼崎《あまがさき》から三十石の海水を運ばせ、この地で塩を焼かせて遊んだのである。

融が死んだ後は、その子の昇《のぼる》がこの屋敷を継ぎ、後、宇多《うだ》上皇に献上されて仙洞《せんとう》御所となった。

何度か火災にあって、修理《しゅり》もされぬまま、庭には草が生い繁り、建物は荒れるにまかせたままになっている。

女の言った様々の噂というのは、確かにどれもあやしげである。

ある時、宇多上皇がこの屋敷で過ごされた晩に、源融の霊が現われ、

「これは、わが屋敷である」

と言う。

「何を言うか。ここは、朕《ちん》がぬしが息子より譲《ゆず》り受けたものじゃ」

と、宇多上皇が答えると、融の霊が消えたというのである。

別の噂では、宇多上皇は、その時、御息所《みやすどころ》と庭で月を眺めていたというのである。

すると、黒い影の如き何者かが現われて、御息所を捕え、御息所を建物の中へ引きずり込もうとした。

「何者か!?」

と、上皇が問うと、

「融《とおる》」

と答えて、影は、御息所を放して消えてしまった。

上皇が駆けよって、抱き起こしてみたのだが、すでに御息所は息絶えていたというのである。

また――

東国から上京してきた夫婦ものが、この河原院で一夜を明かそうとした。

夫が、馬を繋《つな》いでいると、

「あなや」

という声がした。

見れば、巨大な青白い手が妻を摑《つか》み、建物の中へ引きずり込もうとしているところだった。助ける間もなく、妻は、建物の中へ、引っぱり込まれ、同時に格子戸が閉まった。

夫がいくら戸を開けようとしても、開かない。そこで、戸を壊して中へ入ってみれば、そこに、血を吸い尽くされた妻の屍体《したい》が横たわっていたということであった。

女は、そういった噂をあらためて思い出したのか、小さく身を震わせて、男に身体を寄せようとした。

男は、腕を広げて女を包み、女の白い喉《のど》に、ちろり、と赤い舌先を這《は》わせた。

「おそろしいのですね……」

男は、女の耳に、ことさら低めた声をそそぎ入れた。

「はい……」

「夕顔《ゆうがお》の君《きみ》よ、おそろしくて、怯《おび》えているそなたが、わたしは愛《いと》しゅうてならぬのだよ……」

「では、恐がるわたしをごらんになりたくて、このようなところに?」

そうじゃ——

と答えるかわりのように、

「はは……」

と、男は笑った。

灯火が、ひそひそと揺れている。

夜は更けて、月は、いよいよ高く天にのぼった。

古《いにしへ》もかくやは人のまどひけん
　我がまだ知らぬしののめの道

と、男が歌を詠《よ》めば、

山の端《は》の心も知らでゆく月は

上《うわ》の空にてかげや絶えなん

女が歌を返した。

男は、また、小さく笑った。

「月の光の中では、人の魔性が露《あら》わになると申しますよ」

男は、つと手を伸ばして、傍にあった笙《しょう》を手に取った。

「これを吹きましょう」

男は、火桶を引き寄せて、炭の火で笙をあぶりはじめた。

「たれか、舞うものがいないのは残念ですが、ことによれば……」

「ことによれば?」

女は訊《き》いた。

「はは……」

と男は笑って、笙をまだ火であぶっている。

「御存知ですか?」

男は、手元の笙に向かってつぶやくように言った。

「何をでございます?」

「猿楽《さるがく》のことを——」

「猿楽？」

「楽の音《ね》も、その音《ね》に誘われて舞う舞人も、それはこの天地《あめつち》の神に捧《ささ》げられた供物《くもつ》なのですよ」

「はい……」

「今でこそ、楽も舞も、人が人の楽しみのために奏《かな》でたり舞ったりもいたしますが、あれらはもともと、神々の贄《にえ》なのです」

「贄？」

しばらく前にも、男の口から同じ言葉を女は耳にしている。

それを思い出したのか、女の眸《め》の中に怯えの色が濃くなった。

「猿楽は、もともとは、神楽《しんがく》というものでありましたそうな」

「はい」

「それを、古《いにしえ》の厩戸《うまやど》の大君が、神の〝ネ〟をとって、申楽《さるがく》と称するようにしたものにございます」

男は、何か、天地《てんち》の秘密を口にするかの如くに、囁《ささや》くような声で言った。

「その申楽が、猿楽となったもので、そのはじめは、天地の神を寿《ことほ》ぎ楽しませるためのもの……」

笙が、充分温《ぬく》もったと判断したのか、男は笙を持ちあげて、背筋を伸ばし、

「笙の音《ね》は、天から差してくる光をあらわしたものなれば、その音《ね》にて、神《もの》を招喚《しょうかん》するもの……」

そうつぶやいて、吹き口を唇に咥《くわ》えた。

音が、すべり出てきた。

まるで、男が両手に抱えた笙の中から、一羽の鳳凰《ほうおう》が、ふわりと軒先の月光の中へ舞い出たようであった。

笙というのは、鳳凰が翼をたたんだ姿を模したかたちをしたものと言われている。その鳳凰を、音にかえて、男が天に解き放ったように見えた。

月光の中を、きらきらと笙の音《ね》が舞った。

月光の中を、鳳凰がのぼってゆく。

夢の中の光景のようであった。

笙の音《ね》が月光を包み、月光が笙の音《ね》を包む。

やがて——

何かの音が、笙の音《ね》に混じった。

ぽーん、

ぽーん、

という、微《かす》かな音だ。

たれかが、闇の中で、鼓《つづみ》を叩《たた》いているような気もするが、鼓の音にしては低い。
ぽーん、
ぽーん、
ぽーん、
と、なお音は聴こえている。
その音とともに、
「オウ」
「ヤカ」
「アリ」
という小さな声が聴こえる。
「オウ」
という声とともに、
ぽーん、
という音があがり、
「ヤカ」
という声とともに、また、
ぽーん、

という音が聴こえ、

「アリ」

という声で、また、
ぽーん、
という音があがるのである。

その声と音にあわせ、月光の中に、何かがくり返しくり返し浮きあがって、きらきらと光る。

――鞠《まり》か？

たれかが、闇の中で、鞠を蹴《け》っているらしい。

声と音のたびに、月光の中できらきら光るのは、鞠を縫《ぬ》う時に使った金糸《きんし》であろうか。

秋草の中で、小さな影が動いている。

その影は、みっつだ。

鞠が月光の中へあがると、ひとつの影がその落下地点へゆき、鞠を受け、次に軽く蹴って、三度目に高くあげる。

それをまた、次の影が受ける。

子供のようであった。

白い小袖《こそで》を着た童子が三人、夜の河原院の庭で、鞠を蹴っているのである。

いや、童子というにしても、その姿は小さすぎるような気がした。
猿か⁉
猿が、人のように小袖を着て、鞠を蹴っているのであろうか。
その蹴鞠をするみっつの影を、さらに深い闇の中から見つめているものがいた。
それは、白鬚《しらひげ》を生やした老人であった。
男は、それが見えているのかいないのか、ただ、笙を吹き続けている。
そこへ——
「あれ」
という女の声が響いた。
男は、ようやく笙を吹くのをやめて、女の方へ眸《め》をやった。
灯りの中で、男は見た。
女の長い髪の全てが、天井に向かって逆立っているのを——

巻ノ一　車争い

一

僧の読経《どきよう》する声が、闇の中に響いていている。

その声は、うねるように高くなり、また、低くなって、際限なく続いている。

大殿《おおいどの》の寝所に、護摩壇《ごまだん》が設けられ、その炉《ろ》に護摩木《ごまぎ》を放り込みながら、僧が一心不乱に経を唱えているのである。夜居《よい》の僧都《そうず》――普段は、内裏清涼殿に宿直《とのい》して、天皇の安泰を祈る護持僧《ごじそう》である。

この僧の額があぶら汗で光っているのは、燃えあがる炎にのみよるものではない。体力と気力のありったけを、この呪法《ずほう》に懸《か》けているからである。

護摩壇のすぐ向こうには台座が置かれ、その上に忿怒《ふんぬ》の形相の明王《みようおう》が、青い牛の上に座している。

六頭六臂《ろつぴ》六足――その身体は青黒く、三本の左手に戟《げき》、弓、索《さく》が握られていて、同じく三本の右手には、剣、箭、棓（棒）が握られている。

大威徳《だいいとく》明王である。

この明王を勧請《かんじょう》して行うのが、大威徳明王法であり、これは、高野山《こうやさん》、比叡山《ひえいざん》でも、最も力のある修法《しゅうほう》であると言われている。

護摩壇の横に、夜具が敷かれていて、その夜具の中に女が仰向けに横たわっている。女は、眼を閉じたまま眉《まゆ》に皺《しわ》をよせ、苦しげに身をよじりながら、しきりと呻《うめ》き声をあげていた。

女の枕元には、一本の燈台《とうだい》が置かれ、そこに火が点《とも》っている。

その炎の横に、男のように白い水干《すいかん》を着た女――憑人《よりまし》が座して、眼を閉じている。

――唵瑟底哩迦羅嚕婆吽缺娑呵《オンシュチリキャラロハウンケンソワカ》。

僧がしきりに唱えているのは、大威徳明王の真言である。

そのうちに、

かっ、

と、憑人の女が眼を開いた。

白眸《しろめ》をむいていた。

眼球の中心にあるはずの黒眸《くろめ》の部分が、開いた瞼《まぶた》の裏側に消えてしまっている。

「きましたぞ」

僧が、真言を唱えるのをやめ、後方へ声をかけた。

「わかっている」

静かにそう言ったのは、僧の後方に座した、若い、白い狩衣《かりぎぬ》を纏《まと》った男であった。炎の灯《あか》りの中で見てさえ、そうとわかるほど肌の色が白い。ただ、唇だけが、血の色が透《す》けて見えているのではないかと思えるほどに赤く、この異様な場面にあっては、奇異と言ってもいいような笑みが、その端に点っている。

切れ長の眸《め》の色は、どこか碧《あお》みがかっているようにも見えた。

憑人の女は、両の手を拳《こぶし》に握り、

「しゅううう……」

呼気を吐いて、その両手を床につき、首を左右に振った。

僧は、夜具の中の女に眼をやった。

女は、これまでと同じように、眉の間に皺を寄せて、まだ、低い声で呻いている。

「光《ひかる》の君《きみ》、これではござりませぬ」

僧は、小さく首を左右に振った。

「それもわかっている」

僧から、光の君と呼ばれた若い男は、動ずることなくうなずいた。

僧は、憑人の女に向きなおり、

「そなた、何者じゃ」

そう問うた。

「我こそは、糺《ただす》の森の鹿神《ししがみ》じゃ……」

憑人は、女とは思えぬほど低い、しわがれた声で言った。

「糺の森の鹿神が、何故、人に憑《とりつ》いたのじゃ？」

僧が訊《たず》ねる。

「世はまさに乱れ、人は、古き神々をないがしろにし、已れの欲するままに生きんとして、糺の森の樹まで先年より切りはじめた。そのありさま、はなはだあさまし。我はこれをただされんとして、この女に憑きしものなり……」

僧が、若い男――光の君を見やる。

光の君は、小さく首を左右に振った。

「迷神《まどわしがみ》じゃ。このような神《もの》と問答すればするほど、騙《だま》される。祓《はら》え――」

「承知」

と答えた僧は立ちあがり、憑人の背後にまわって、憑人の女の首に、手にしていた数珠《じゅず》を掛けた。

「む、むむう。何とするつもりじゃ。わが告《の》ることを聴かぬか……」

と、憑人の女が、男の声で言うのへ、

「ふーっ」

と息を吐きかけて、

「唵瑟底哩迦羅嚕婆吽鈌娑呵《オンシュチリキャラロハウンケンソワカ》」

真言を唱えて、とん、とその掌《てのひら》で憑人の女の背を叩《たた》いた。

「あっ」

と、憑人の女が小さく声をあげた。

ぐるりと眼球が動いて、黒眸がもどってきた。

床についていた手をもどし、

「いかがでございました?」

憑人の女が僧に問う。

「別ものじゃ。肝心《かんじん》なものは、まだ、姫に憑いたままじゃ……」

「お続けになられますか?」

憑人の女が問うと、僧は、光の君を見やった。

「これで、迷神《まどわしがみ》が八匹目です。きりがありません。今夜のところは、ここまでにしておきましょう」

光の君が言うと、

「わかりました……」

僧はうなずいた。

憑人の女と、僧が出ていった後、光の君はしばらくそこに座したまま、黙考した。

光の君の妻――光の君が葵《あおい》の上《うえ》と呼んでいる女が、このようになってから、じきに、ひと月が過ぎようとしていた。

熱が出はじめたのは、葵の上が、新斎院御禊《しんさいいんごけい》の物見《ものみ》に出かけた晩からである。

ただの疲れからくるものであろうと考えていたのだが、一日たっても、二日たっても、三日たっても熱が下がらない。

坊主や陰陽師《おんみょうじ》を呼んで、祈禱《きとう》させたが、いっこうによくなる気配がない。

四歳も歳上の妻だ。

光の君が十二歳で元服《げんぷく》した年に、妻とした女である。

それより十年がたち、すでに光の君は二十二歳、葵の上は二十六歳になっている。

気がかりであったのは、葵の上が、婚姻の儀があってから九年目にして、ようやく懐妊《かいにん》したことである。床に伏したままの葵の上の腹の中には、光の君の子が宿っている。この憑《つ》きもののことで、その子に障《さわ》りがあってはならない。

「ただの病ではございませぬ」

「何かが憑いております」

坊主も陰陽師も、口にするところは同じであった。

しかし、それを祓《はら》うことができない。

時おり、祓えたかに見えても、それは、迷神《まどわしがみ》ばかりで、葵の上に憑いているものの本体が祓われた様子はない。

「これは、よほど性《たち》の悪《わろ》きものにござりますな……」

陰陽師たちは、そう言った。

五日前からは、高野山より、高僧と言われる僧を呼んで祓わせたが、今日になっても、迷神《まどわしがみ》がひとつ出ただけで、状況にほとんど変化はない。

眼を閉じ、黙考しているうちに、炎はいつの間にか消えて、炉の中には、護摩木の燠火《おきび》だけが、妖《あや》しく呼吸するように赤く光るだけとなった。

葵の上は、まだ、低い声で呻き続けている。

やがて——

光の君が、眸を開いた。

「惟光《これみつ》」

声をかけると、簀子《すのこ》を踏む音が近づいてきて、

「これに」

低く、畏《かしこ》まる声が響いてきた。

「外道《げどう》の坊主でもよい、外法《げほう》の陰陽師でもよい。験力優《げんりきすぐ》れた者を捜してくるのじゃ——」

光の君は言った。

二

この頃、京で祭と言えば、それは賀茂祭《かものまつり》のことであった。

毎年、四月の中の酉《とり》の日に、本祭がとり行なわれるのだが、その三日前にあるのが、斎《さい》王代禊《おうだいみそぎ》の儀である。

この斎王に選ばれた者は、賀茂川で御禊《ごけい》して、初斎院に入り、その翌々年の賀茂祭の前に、さらにまた賀茂川で御禊して、紫野《むらさきの》の野宮《ののみや》に入ってから、ようやく祭に従事することができるようになるのである。

基本的に、この役にあたることになるのは、未婚の内親王である。

この年の祭に、この斎王の役を荷《にな》うのが、桐壺院《きりつぼいん》の新斎院女三《おんなさん》の宮《みや》であった。

葵の上が、この御禊を物見《ものみ》にゆくことになったのは、自ら言い出したことではない。

葵の上に仕える女房たちが、朝からはしゃいで、これを見物したがったのである。

すでに語った通り、葵《あおい》の上《うえ》は、この時光の君の子を懐妊《かいにん》中であった。

「今日の行列には、光《ひかる》の大将《だいしょう》もお供《とも》なさるのでしょう」

「わたくしどもが、それぞれこっそり見物に行ったとしても、これははなはだおもしろうございませぬ。大殿《おおいどの》が御一緒にいらっしゃるからこそ、わたくしたちも晴れがましい気分になってくるのでございます」

「本日の物見の者どもは、いずれも大将殿をこそ拝もうと思って足を運んでくるのです。あやしい山がつの者でさえ、遠国《おんごく》から妻子を引き連れて上《のぼ》ってきているのでございます。これを御覧あそばさぬのは、なんとももったいないことではありませんか」

「大将殿を拝むに、最もふさわしいお方がここにいらっしゃいますのに、行かぬというのは、あんまりでございますよ」

「どうせ、車の中に居て、座っていらっしゃるだけでよいのですから、お腹の御子《みこ》にそれで障《さわ》りがあるとも思えませぬ」

と女房どもが口々に言うのを聴いて、母の大宮《おおみや》が、

「今日は、そなたも、多少は心地《ここち》がよろしいのではありませんか。女房たちも行きたがっているのですから、お出かけになったらいかがです」

このように言ったので、

「それなれば」

と、葵の上も決心して、ようやく出かけることとなったのである。

葵の上の乗った車が、行列の通る一条大路に着いた時には、あたりは物見の客や車でごったがえしていた。

それにしても、凄《すご》い数である。

行列ばかりでなく、この物見車の装《よそお》いがまた、凝っていて、これを眺めるのもまた、物見客の楽しみであった。

思いおもいに心を配った桟敷《さじき》の飾りつけもまた凝っている。

庭に咲いていたのであろう、藤の花をあしらったものや、金銀の糸を束ねて下げた飾りもある。

女房たちが、御簾《みす》の下からわざと眼に触れるように出した出し衣《いだしぎぬ》の袖口《そでぐち》も、これはこれで、おおいに見物するに足るものであった。

しかし、せっかく来たのに、後ろに並んだのでは、前の車に邪魔されて、充分に見物することができない。

溢《あふ》れかえる客たちの見物の目的である光の君こと光の大将の妻たる葵の上が、他の車の後ろから見物するというのは、供の者たちも納得がゆかない。

「どこかに、空いているところは、ないのですか――」

葵の上は車の中から声をかけたのだが、いずれも車、雑人《ぞうにん》どもがぎっしりで、そのような隙間はどこにもない。

「ええい、そこのけ、そこのけい」

葵の上の車に従ってきた供の者たちが、そのあたりの車をどかしはじめた。

後からやってきたのが、たいそうに立派《りっぱ》な車であり、供の者たちの顔ぶれを見れば、それがたれの車であるか、供の者たちどうしで見当もつく。

これは仕方がないと、二台、三台と前にいた車が動いて、葵の上の車はようやく前へ出ることができたのだが、一番前に、一台の車が停まっている。

少し古びた網代車《あじろぐるま》である。

しかし、古びてはいるが、下簾《したすだれ》の様子などは、なかなか由緒《ゆいしょ》ありげである。簾《すだれ》ごしにほのかに見えている袖口や裳裾《もすそ》、汗衫《かざみ》などの色あいも、目立たぬようにおさえてはいるが、なかなかに品がよい。

そこそこの身分の者が、わざと目立たぬようにしつらえて、ここに並んだのだと見てわかるような車であった。

「これ、そこな車、のかぬか――」

と、葵の上の供の衆が言うが、

「そうはいかぬ。この車は、そなたらがそのようにのけと言うて、のくような御身分の方の車ではない」

と、その古びた車の供の衆たちが言う。

「のけ」

「のかぬ」

と言いあっているうちに、葵の上の供の衆たちのひとりが、

「やや、これは……」

低く唸《うな》った。

「斎宮《さいぐう》のおん母上、御息所《みやすどころ》の車ではないか」

その声が響いた時、古びた車の簾の奥から、

「あれ……」

という、小さく、低い女の声があがった。

自分の正体が知れてしまったことに対する歎《なげ》きの声だった。

「なればなおさらのけい。大将の妻が車が後ろにあるというのに、その大将が、昔ほんの少しばかり遊んだことがあるだけの女の車が前にあってよいわけはない。大将が御大家であるのをいいことに、それを笠《かさ》に着て、こちらの車の前から動かぬというのは、おおいにけしからぬ——」

「なに!?」

「なんだと!?」

葵の上の供の者たちのひとりが、網代車の轅《ながえ》に手をかければ、御息所の供の者がこれをはらう。

「まあまあ」

と、前駆《ぜんく》をつとめる年嵩《としかさ》の者たちが、なんとかとりなそうとするのだが、もう治まらな

い。

いずれも酒が入っているから、すぐに大騒ぎとなった。

人数で言えば、もちろん葵の上の車に従ってきた者たちの方が多く、網代車の供の者たちは、たちまちに殴りたおされてしまった。

葵の上の車の供の者たちの中には、光の君の家の者たちも交《まじ》っており、その中には御息所をよく知る者もいて、これを哀れには思うものの、どうすることもできなかった。

「そうれ、ひけひけ――」

と、酔った者たちが、ただ独り御息所の乗った車をそこら中ひきまわし、ついには榻《しじ》も踏み割られ、たれの者ともわからぬ車の筒《どう》に、その轅を打ちかけられて、御息所の車は動けなくなってしまった。

その時にはもう、空いたところへ、葵の上の車が収《おさ》まっている。

その時、さあっ、と風が吹き渡った。

葵の上の車の御簾が、その風に煽《あお》られてはためいた。

そこへ――

「お通りじゃ」

声がかかった。

行列がやってきたのである。

しずしずと、行列が通ってゆく。

供奉《ぐぶ》する上達部《かんだちめ》たちが身につける下襲《したがさね》の色、表《うえ》の袴《はかま》の紋、馬、鞍《くら》までが、いずれも新しく調《ととの》えられている。

陽光があたり、行列する者たちの装束や、身に帯びた飾りが、揺れながらきらきらと輝いているのも夢のようである。

「おう……」

と、溜《た》め息にも似た声が、周囲からあがったのは、ちょうど、そこに、馬に乗った光の君の姿が見えてきたからである。

きらびやかな夢の中から、その夢そのものを衣装として身に纏《まと》い、ゆるゆるとたちあらわれてきたかのようにも見えた。

光の君は、腕の立つ仏師が彫った菩薩《ぼさつ》像のように、その唇に笑みを浮かべ、仏が涅槃《ねはん》を夢見ているかの如き眸《め》を、前へ向けている。

周囲に、どれだけ物見の衆がいようと、ただ独り無人の野を馬でゆく時であろうと、その姿も、姿勢も、顔の表情も、この貴公子はまったく変化させぬであろうと思われた。

こうして、光の君は、葵の上と、六条御息所《ろくじょうのみやすんどころ》の前を、光の化身のように通り過ぎていったのであった。

三

「かようのことがございましたそうな」

惟光《これみつ》が、光の君に一条大路であった騒ぎのことを告げると、

「それならば、すでに耳にしている」

光《ひかる》の君《きみ》は、抑揚《よくよう》の少ない声でうなずいた。

「お通りになった時、お気づきになられましたか――」

「六条の御方《おんかた》の御車が、少し離れたところで、まるでそこに転がされでもしたように停まっていたのは眼にした……」

「どうなさります？」

惟光は、光の君の心をさぐろうとするかのように問うた。

惟光は、光の君が、六条御息所《ろくじようのみやすどころ》のところへ通うおりも、文や歌を持って、双方の間を行ったり来たりしている。

「あの場にいたたれもが、あの車に乗っていたのがたれであるかをわかっておりました。あの方は、たいへんなお恥をおかきになりました……」

惟光の表情は、本当に御息所の心配をしているようである。

「このところ、ずっと、あの方のところへはいらっしゃっておりませんでした。あの方が夜枯《よが》れなされておいでであるとは、たれもが知っていて、その、たれもが知っているということを、御息所御自身もよく御存知でいらっしゃいました。物見に行かれる決心をなされたのも、よほどのお覚悟をしてのことであったのでしょう。目立たぬようにしながらも、そこは気品を持って、あの場に車をお停めになられたのでしょう。知られぬようにそうっと、光の君のお姿を、遠目になりとも、ひと目御覧になりたかったのでしょう。それがあのようなことになり、しかもそのお相手が、葵《あおい》の上《うえ》であったというのは、これは、よほど、御無念であったでしょう……」

まるで、御息所の心の裡《うち》を、本人になりかわって、光の君に訴《うった》えるような惟光であった。

「どうなさります?」

また、惟光は、同じことを光の君に問うた。

「行かねばなるまい」

光の君は言った。

「どちらへ?」

「六条の御方《おんかた》のところへだ……」

巻ノ二　道摩法師

一

「容態はどうじゃ」

と問うたのは、頭中将《とうのちゆうじよう》である。

「変らぬ」

答えた光《ひかる》の君《きみ》の頬には、青白い影が宿って、悽愴《せいそう》の気が燃えているようであった。

葵《あおい》の上《うえ》に憑《とりつ》いたものが、まだ、出てゆかないのである。

すでに五月の半ばとなっており、車争《くるまあらそ》いのことがあってから、ひと月余りが過ぎている。

頭中将が、光の君の屋敷を訪ねてきたのは、しばらく前のことだ。

光の君の妻である葵の上は、頭中将とは同腹の兄妹《きようだい》にあたる。頭中将は、葵の上の兄になる。このことから、光の君と頭中将は知り合うようになり、真《まこと》の兄弟以上のつきあいをするようになったのである。

頭中将、父は左大臣——

容姿麗わしく、その言動や行状が、宮中の女房たちの噂になるのは光の君と同様だが、この噂、光の君と頭中将では、微妙な温度差がある。

敢《あ》えて言うなら、それは、

〝怖さ〟

と表現してもいいかもしれない。

頭中将にはない、怖さのようなものが、光の君にはあったのである。

「祓《はろ》うても、祓うても、迷神《まどわしがみ》が減らぬ。祓うたと思うていたものが、次の日には、また舞いもどってきたりする。数が減らぬ……」

光の君は言った。

「夜居《よい》の僧都《そうず》が、祓うのをあきらめなされたとかいう噂があるが……」

頭中将が言った。

ふたりが座しているのは、簀子《すのこ》の上だ。そこに円座《わらざ》をふたつ置き、その上に腰を落として向きあっているのだが、さきほどから、庭には、細い雨が天から注いでいる。

ここしばらく、梅雨が続いていたのだ。

このひと月近く、重くたれこめていた分厚い雲が、この日の昼近くになってから動きはじめ、次第に薄くなっていったのである。

雲の薄くなった天から、ほのかな光が地上に差し、空全体が、今は銀色に光っている。

その光の中で、柔らかな細い針のような雨が、光りながら天から落ちてくるのである。

「おれが言うて、退《ひ》いてもろうたのだ――」

光の君は言った。

「大威徳明王法《だいいとくみようおうほう》を行《ぎよう》じたのだろう」

「うむ」

大威徳明王――

密教の尊神で、たとえば吐蕃《とばん》（チベット）などでは、ヤマーンタカと呼ばれている。

吐蕃では、牛の頭部をした忿怒神《ふんぬ》である。

ヤマーンタカのヤマは、夜摩天《やまてん》のヤマである。本朝においては、ヤマとは地獄の王である閻魔《えんま》である。

ヤマーンタカというのは、この〝閻魔を啖《くら》うもの〟という意味だ。

地獄の王たる閻魔を屠《ほふ》ってしまうほど恐《おそ》ろしい尊神がヤマーンタカ――大威徳明王なのである。

その明王の呪法《じゆほう》をもってしても、祓えぬものが、葵の上に憑《つ》いている。

「これは、まっとうな法では無理であろうと思うてな、今、人を捜させている」

「人？」

「外道《げどう》の坊主、外法《げほう》の陰陽師《おんみようじ》、たれでもよい。あれを祓える者をだ」

「見つかったのか」

「いいや」

光の君は、小さく首を左右に振った。

「こうなったのは、車争いをした、あの後からであったな」

「ああ――」

「相手は、あの六条御息所《ろくじょうのみやすどころ》……」

頭中将は、さぐるような視線を、光の君に向けた。

しかし、光の君の表情からは、どのような感情も見えてはこない。

隠そうとしている感情ならば、それは隠しきれるものではない。どれだけ隠そうとしても、何かのおりに、それは仮面の内側から、たちあらわれてくる。どれだけ上手に作られた仮面であれ、大地の底にある水が、自然にその表面に草の芽をはぐくむように、感情は、仮面の表《おもて》に滲《にじ》み出てきて、その芽の色を見えるようにしてしまう。

光の君には、それがない。

いや、ないように見える。

「わが妹は、六条の御方《おんかた》に、たいへんな恥をかかせてしまったわけだ。妹が命じてやらせたのではないにしろ、これは、命じたも同じこと……」

「そうだな」

光の君は、低い声で、頭中将の言ったことを肯定した。

「六条の御方は、悪くはない……」

頭中将は、なおも、光の君の表情をうかがいながら言う。

「ああ、悪くない」

「我が妹も悪くはない」

「その通りだ」

「悪いのは……」

「おれだな」

光の君は言った。

「いや、おれは、悪いのはおまえだと言おうとしたのではない。悪いのは、めぐりあわせじゃと、そう言おうとしたのだ――」

「めぐりあわせか――」

「男と女のことで、たれがよい、たれがわるいと言うのは、あれは方便《ほうべん》ぞ。想う御方と添えぬ者は、心や思いのやりどころがない。それで、人が、人や人の心に、良し、悪しを名づけるのさ。そうして、己《おの》が心をおさめようとする。しかし、恋に良し悪しなぞあってたまるものか」

「――」

「昔通うて、今、通われぬようになるというのは、ようある話じゃ――」

言われて、
ふ、
と、小さく光の君は微笑したようであったが、それが真《まこと》に微笑であったかどうかまでは、頭中将にも判断はできなかった。

「六条の御方には、会えなかったそうだな……」

「ああ」

惟光《これみつ》から話を聴いて、光の君は、六条御息所の屋敷まで足を運んだのだが、

「ただいまは、斎宮《さいぐう》が当屋敷におりまする故、潔斎《けっさい》のことあって、憚《はばか》りもござりまするため、お会いすることかないませぬ」

御息所から丁寧《ていねい》に断わられて、会うことができなかったのである。

ちょうどこの頃、六条御息所の娘が伊勢《いせ》の斎宮に選ばれたため、潔斎の最中であった。そのため、御殿の四面や、内側の門には、木綿《ゆう》をつけた榊《さかき》が立てられていた。それを光の君も見ている。

「御心に、よほど深い傷を負われたのであろうな……」

とつぶやいてから、頭中将は、

「六条に出かけたは、今度《こたび》のことと、御息所との一件《いっけん》が関係ありと見てのことか……」

そう言った。

「さて――」

「御息所は、情のこわい御方じゃ……」

「うむ……」

「しかし、これは、先ほども言うたが、たれがわるい、たれがよいという話ではない。時が、その御心を癒《いや》すのを待つしかあるまいよ……」

頭中将は、自身にも言い聴かせるようにうなずいたのであった。

光の君は、無言で、細い、光る雨を眺めていた。

その顔をしばらく眺め、

「これは、噂だがな」

と前置きしてから、

「宮中の女房たちは、ぬしが怖《こわ》いそうじゃ」

頭中将はそう言った。

「こわい……？」

「何を考え、何を思うているのか、わからぬと――」

「――」

「しかし、わからぬというそれが、女房たちの心を刺激するらしい」

「ふん……」

「おまえと添えば、おまえに啖《く》われてしまうとある女房が言えば、ぬしになら啖われてもよいという女房もいる」

頭中将は、小さく頭《かぶり》を振り、

「いやいや、女心というのもわからぬものだな」

光の君を見やって、微笑した。

そこへ、慌《あわ》ただしく足音をたてて、惟光がやってきた。

「見つかりました。これはと思うお方が見つかりました」

走ってきたわけではないが、頬をわずかに膨《ふく》らませ、息をはずませている。

「本当か!?」

と、光の君が訊《たず》ねたのは、実は、これまでにも何人か、我に験力《げんりき》ありと自称する法師や陰陽師がいたのだが、いずれも、どれほどの力もなく、その中には、ただその日の飯にありつくためだけにやってきた者もいたからである。

「多少、問題はあるらしいとの噂にござりますが、験力の方は、なかなかの者のようでござります」

「たれじゃ――」

「播磨《はりま》の法師陰陽師にござります」

「ほう」

法師陰陽師というのは、朝廷に所属する陰陽寮の陰陽師に対して、民間陰陽師のようなものだ。坊主が、坊主だけでは喰《く》ってゆけずに、髪を伸ばし、烏帽子《えぼし》をつけ、陰陽師を名のってあれこれの治療をしたり、悪しき気《け》を祓ったりするのもこの類《たぐい》である。

「名は？」

「道摩法師《どうまほうし》——蘆屋道満《あしやどうまん》という者にござります」

惟光は言った。

二

鴨川《かもがわ》の河原に、その小屋は建てられていた。

流木を石の間に立てて柱とし、それへ同様の流木を渡し、草を編んで作った縄でそれを縛って梁《はり》とし、屋根には草や木の枝を葺《ふ》いただけの小屋であった。かたちばかりに、壁として枝を組み、それへ泥を塗りつけてあったが、それはないも同然であり、わずかな風でも雨が吹き込んでくる。

入口には、これも草を編んで作った菰《こも》が下げられているが、それとても、あってもなくてもよいようなものだった。

河原のあちらこちらに、似たような小屋が建っていて、屋根に葺いた草の間から、梅雨の明けた空に、薄く煙があがっている。

鳴きはじめた蟬の声が、風の中に聴こえている。

昨年の飢饉《ききん》以来、鴨川の河原には、このような小屋が増えている。

その小屋は、河原の地面がそのまま床になっていて、中央に河原の石で丸く囲ってあるのが、竈《かまど》であろう。

そこで、ちろちろと炎が燃えている。

背後は土手で、多少は高い場所にあるため、少しの増水くらいなら、流されることはないが、梅雨が明けて、本格的な嵐がやってきたら、この場所も川の水に浸《つか》ることになるであろう。

草の寝床の上に、仰向けになって、さっきから呻《うめ》いているのは、四十歳くらいの男であった。

男が着ているぼろぼろの小袖《こそで》は、すでにぼろきれと変らない。

胸と腹がはだけられていて、蚊や虫に喰《く》われた跡が、肌の上に点々とある。蚊は、どこからでも自由に小屋の中に入ってくる。竈《かまど》でいぶした草の煙が、わずかながら蚊よけにはなっているのだろうが、場所がら、蚊や虻《あぶ》の多さを考えたら、それにどれほどの効果があるのかわからない。

その男の横に座して、その顔を見下ろしているのは、これもまた、ぼろ同然の小袖を纏《まと》った女である。

痩《や》せ細った十歳ほどの童《わらわ》が、その女の横に立って、男を見下ろしている。

女の横に、ひとりの老人が立っていた。

白髪を、逆立てたようにぼうぼうと伸ばした、痩せた老人であった。黒い、ぼろぼろの水干《すいかん》を身につけている。法師陰陽師《おんみようじ》らしいが、頭を丸めているわけではない。顎《あご》からは、これもまた、白い髭《ひげ》が生えている。どれほどの手入れもしていないらしく、頬で、髭と髪がからみあい、どこからが髭で、どこまでが髪であるのかわからない。

梟《ふくろう》のような、炯々《けいけい》とした、よく光る黄色い眸《め》をしていた。

奇怪な老人であった。

どれほどの齢《よわい》をその身に重ねているのであろうか。見ためだけで言えば、見当がつかない。百歳まで生きて死んだ屍体《したい》が、飲まず、喰わず、死後も数十年歳をとり続けたら、この老人のようになるであろうか。

仰向けになった男の呼吸は、細く、不規則だ。

痩せているのに、腹の一部だけが、瘤《こぶ》のようにぼこりと不気味に盛りあがっている。

刻んだように、その顔に皺《しわ》が深い。

「治《なお》らぬな……」

ぼそりと、その老人が言った。

老人がそれを口にすると、女は、おろおろとして、老人と男とを交互に見やった。

「くひっ……」

と、男は、苦痛をこらえてでもいるように喰い縛った歯の間から、笑うような声をあげた。

「だから言ったろう。こいつは、駄目だって。自分の身体のこたあ、自分が一番よくわかってるんだ……」

男は、眼だけをぎょろぎょろと動かして、老人を見あげた。

呼吸が小刻みなのは、肺を大きく膨《ふく》らませることができないためであろうか。息をしているだけでも苦しいらしい。

「お、おれは、死ぬんだろう?」

男は言った。

「死ぬ」

老人は言った。

「どのくらいなんだい、死ぬまで?」

「早ければ、三日。もっても十日だろう」

「やだね」

男は言った。

「もう、我慢したくねえ。我慢して、我慢して、その果てにどうせ死ぬんだろう。死ぬためが我慢なんて、おりゃあ、ごめんだ……」

「死にたいか？」

「死にたくねえよ。死にたくねえ……」

男は、その両眼から、身体にこれほどの水分が残っているかと思えるほど、ぼろぼろと涙をこぼした。

「嬶《かか》あと子供がいるんだ。死にてえわきゃあねえだろう。しかし、もう、我慢したくねえ。ら、楽に、楽になりてえだけだ……」

「楽にならしてやろう」

「た、たのむ……」

男が呻くように言うと、

「あ、あんた!?」

女が、男の手を握った。

「さて、では、何をもらおうかの……」

老人は言った。

「な、何をって？」

「ただというわけにはゆかぬぞ」

「何もございませぬ。さしあげられるものと言えば……」

女は、口ごもり、右手で、胸のあたりを押さえた。

「いらぬ。わしが欲しいのは、そういうものではない――」

男は、細い息を繰り返すだけで、もう、言葉を発する気力もないらしい。

「では、な、何を……」

女が言う。

「霊《たま》を――」

老人は、しわがれた、低い声で言った。

唇が割れ、黄色い歯が覗《のぞ》いた。

老人は、笑ったようであった。

「霊《たま》!?」

「そうじゃ」

「それは、どういうものでございます。どのようにして、あなたにさしあげればよろしいのでございますか……」

「わからぬでよい」

老人は、そう言って、男を見下ろし、

「おい……」

声をかけた。

男は、やっと、眼球だけを動かして、老人を見あげた。

「死んだら霊《たま》をわしにくれてやると、今、そこで言えばよい。それだけじゃ」

「霊《たま》をくれてやったら、どうなるのじゃ。阿弥陀浄土《あみだじょうど》にはゆけるのか」

「ゆけぬ」

老人は言った。

「ゆけぬ？」

「阿弥陀浄土など、この世にないからよ。あの世にだって、あるものか。わしに、霊《たま》をくれてもくれぬでもゆけぬ。安心しろ、ぬしだけではない、たれも、極楽浄土なぞへはゆけぬ――」

「で、では、人は死した後、いずくへ？」

「知らぬ」

老人は言った。

「さればこその死ぞ」

男の眼の動きが止まった。

眼が閉じられ、顔が歪《ゆが》められた。

身をよじった。

激しい苦痛が、男を襲っているらしい。

「や、やる……」

男は言った。

「死んだら、霊《たま》でも何でもくれてやる。だから、楽に、早く楽にしてくれ……」

苦痛をこらえる歯の間から、呻き声とともに言った。

老人は、うなずきながら、懐に右手を入れて、木の椀《わん》を取り出した。

「水を汲《く》んでこい」

老人が言うと、子供は、椀を摑《つか》んで、走りながら外へ飛び出した。

すぐに、子供はもどってきた。

椀に、鴨川の水が半分ほど溜《たま》っている。

老人は、さらに懐から小さな布の袋を取り出し、その中から、白い、小さな玉《たま》を取り出して、

「これを、強く握っていることじゃ」

男の右手に、その白い玉を握らせた。

さらに、老人は、どこからか、黒い、小指の先ほどの大きさの丸薬を取り出した。

「これを飲め」

仰向けになっている男の唇の中に、その丸薬を押し込んだ。

子供の手から椀を受け取り、男の上にかがみ込んで、
「飲め」
男の口に、椀の縁をあてた。
ごくり、ごくり、と、男は、音を立てて水を飲み込んだ。
痩せ細り、筋張った喉《のど》の中で、喉仏が上下した。
男の口から、老人は椀をはなした。
と——
男の眼球が、ふいに、大きく見開かれた。
「くわっ」
と、男は声をあげた。
口を開き、男は、
ほわあ……
ほわあ……
と、大きく呼吸をした。
その息が、ふいに止まった。
けくっ、
という音が喉の奥でした。

男は、眼を開いたまま、こと切れていた。

「あ、あんた!?」

女が、男の肩に手をあてて揺さぶった。

老人は、男の右手から、白い玉を取り出し、それと、椀を懐の中にもどしてから、

「では、ゆく……」

低い声で言って、背を向けていた。

菰《こも》をくぐって、老人は、河原の風の中に出た。

夏の草が、河原で風に揺れている。

その風の中に、白い狩衣《かりぎぬ》を身に纏《まと》った、若い男が立っていた。

そして、その男の横に、もうひとりの男が立っていた。

光《ひかる》の君《きみ》と、そして、惟光《これみつ》であった。

小屋から出てきた老人にむかい、

「蘆屋《あしや》道満《どうまん》殿でござりましょうか?」

光の君は言った。

三

鴨川の土手を、ゆらりゆらりと、幽鬼のように道摩《どうま》法師《ほうし》は歩いてゆく。

それへ並んで歩いているのは、光《ひかる》の君《きみ》である。

鴨川を右に見ながら、上流方向——北へ向かって歩いている。

ふたりからわずかに遅れてついてゆくのは、惟光《これみつ》である。

土手の上には、もう、夏の陽差しが照りつけている。

土手の斜面には夏草が繁り、それを、川面《かわも》を吹いてきた風が揺すっている。土手から生えた桜や松の梢《こずえ》から、蟬の声が落ちてくる。青い空に雲が浮き、三人は、すでに夏の風の中にいた。

今、道摩法師は、光の君から、簡単に事のあらましを聞き終えたところである。

「くだらぬ……」

黄色い歯の間からつぶやいたのは、道摩法師であった。

「ぬしの女に何が憑《つ》いていようと、それは皆理由《わけ》あって憑いているものじゃ。それをないがしろにして、憑いているものを落としたとて、また、すぐに憑かれるだけのことぞ。その理由《わけ》の方をなんとかすれば、憑きものなぞ、自然《じねん》のうちに消えてなくなるものじゃ……

「……」

「それが、その理由《わけ》の方の見当がつきませぬ」

光の君は言った。

「なれば、放っておけ……」

「しかし、そうもゆきませぬ」

「何故じゃ」

「放っておけば、女が死にまする故」

「死なせよ」

取りつく島もない。

道摩法師は、天をゆく見えぬ風を追っているかのように、顔を空へ向けて歩いている。

しばらくの沈黙があった。

その沈黙の間も、ゆらりゆらりと道摩法師は歩を進めてゆく。

光の君は、無言になって、しばらく道摩法師の横を歩いている。

やがて、何かの思案がついたのか、

「そうですね」

光の君はうなずいた。

「死なせますか……」

ぽつりとつぶやいた。

「その方が、女には幸せということもありましょうから――」

その言葉を聴いて驚いたのは、後ろを歩いていた惟光であった。

「なりませぬ。なりませぬぞ」

惟光は光の君に並んで、

「どこの世界に、自分の妻が死んでもよいなどという人間がござりましょうか」

声を高くした。

「なんじゃ、その女、ぬしが妻であったか」

「はい」

「惚《ほ》れておるのか」

「そのようです……」

口調は、他人事《ひとごと》のようである。

道摩法師と同様、やはり、天の青い風を見あげている。

「妙な奴じゃ」

道摩法師は、何か興味を覚えたらしく、光の君を見やり、

「ほう……」

足を止めた。

つられて、光の君と、惟光も立ち止まった。

「会うた時から気になっていたのだが、その眸《め》、菩薩眼《ぼさつがん》じゃな。加えてその貌《かお》は龍顔《りゅうがん》じゃ
――」

「なんでしょう、それは？」

「菩薩眼とは、見えざるものを見ることのできる眼じゃ。天眼通《てんがんつう》という通力を持った眸じゃ。龍顔とは、天子の相を持つ貌のこと。菩薩眼と龍顔、この相をふたつながら持つ者を見るのは、初めてじゃ――」

道摩法師は、光の君をしばらく見つめ、

「なるほど。十五年も前であったか、高麗人《こまうど》の相人《そうにん》が、七歳ばかりの子供の相を観て驚いたという話を耳にしたが、それは、ぬしがことであったかよ」

骨ばった指を頭髪の中に差し込んで、ぼりぼりと掻《か》いた。

「その相人が、ぬしに何と言うたかは知らぬがな、おそらく言うてはおらぬであろうから言うておく――」

「何でござりましょう」

「早《はよ》う死ね」

「わたしがですか」

「そうじゃ。世のためにならぬ……」

言ってから、道摩法師は、ぐつぐつと泥の煮えるような声で笑い、

「わしとしたことが、つまらぬことを言うたわ。世のためにならぬは、わしも同じじゃ。そのわしが、この齢《とし》まで生きておいて、他人に早う死ねとはなあ……」

頭を掻いていた手で、つるりと顔を撫《な》で、

「許せ」

そう言った。

「この生命、おしいとは思うておりませぬが、かといって、わざと死ぬるのもまた、よろしゅうござりませぬ」

光の君は、やはり他人事のように言う。

「うむ」

「いつまで生きるかはわかりませぬが、死ぬるまでは生きねばなりませぬ。生きているのであれば、その生きている間を、何かで埋めねばなりませぬ」

「何で埋める?」

「はて?　何で埋めましょう」

「世の障《さわ》りとならぬものでも愛《め》でて埋めよ。詩歌《しいか》、管絃《かんげん》、そのようなものなればほどがよかろう——」

「ほどがよい……?」

「女の陰《ほと》でも眺めて埋めるかよ……」

「それも、ようござりますな」

ゆるりと、光の君が歩き出す。

わずかに遅れて、道摩法師が、ゆらりと歩き出す。

ふたりの後を、惟光が追う。

「古き神か……」

歩きながら、独り言のように道満がつぶやく。

「古き神？」

「妙な神、古き神か、古き新しき神でも憑いたかよ……」

「――」

「そういう神なれば、興味がないでもないが……」

そうつぶやきながら、ゆるゆると道満が歩いてゆく。

「ひとつ、申しあげておりませんでしたが……」

光の君が言う。

「なんじゃ」

「我が妻の腹の中に、子がおります」

「なに!?」

また、道摩法師が足を止めた。

「我が妻、懐妊《かいにん》しております」

光の君もまた足を止めている。

「ははあ、なるほど……」

ぬったりと、道摩法師が嗤《わら》った。

「わかった、やろう」

道摩法師は言った。

「お引き受けいただけまするか――」

「引き受けるが、その前に言うておくことがある」

「何でしょう」

「このわしが引き受けるは、そこに臭いを嗅《か》ぐからよ」

「臭い？」

「人の心が腐《くさ》れてゆく臭いじゃ。人が放つ障気じゃ。人の不幸が好きでな。わしは、人の心を啖《くろ》うて生きておる。その心の闇を喰《く》うのじゃ。髪の毛から、目玉から、口、歯、爪、はらわたまで、そこからしみ出てくる、芥《あくた》の如き闇をみんな啖う。事なったおりには、それを、わしに喰わせよ。それが、わしへの礼じゃ。金はいらぬ。仕事が済むまでは、酒と食《く》いものがあればよい。どうじゃ――」

「やすきこと――」

光の君は言った。

こうして、光の君は、蘆屋道満《あしやどうまん》――道摩法師によって、その奇妙な旅の扉を開くことになったのであった。

巻ノ三　謎々鬼

一

点《とも》っている灯火は、ひとつだけだった。

燈台《とうだい》の上で、そのひとつだけの灯《あか》りがゆらめいている。

その炎の灯りの中に、腹のぽこりと突き出た全裸の女が眼を閉じて座している。

眼を閉じたその顔が、菩薩《ぼさつ》の如くに美しい。

女の着ていた御衣《おんぞ》は、傍《かたわら》に脱ぎ捨てられて、身には一糸も帯びてはいない。生白《なまじろ》い肌に、灯りの影が揺れている。

御衣のかわりに、女の身体には、無数の細い針が突き立っていた。

背、肩、頸《くび》、腕、乳、腹——

女の上半身で、針の刺さっていないところは貌《かお》だけである。

その針には、いずれも、何やらの呪《しゆ》の書かれた呪符《じゆふ》が貫《つらぬ》かれているため、女の身体は呪符だらけといってもよかった。

その女の前で、ゆらりゆらりと、手足をゆらめかせて踊るような仕種《しぐさ》をしているのは、道摩《どうま》法師《ほうし》であった。

右足を一歩、軽く前に出して、とん、と床を踏む。次に、残った左足を、先に出した右足の横までもってきて、とん、と下ろす。次には、今、下ろしたばかりの左足を、右足よりも先に持ちあげて、次の一歩となし、そしてまた右足を持ちあげ、左足の隣へ、とん、と踏み下ろす。

こういうことを、繰り返しているのである。繰り返しながら、踊っているのである。

夕刻から始めて、すでに深更に至っている。

その道摩法師と女を、座したまま横から見つめているのが、光《ひかる》の君《きみ》である。

道摩法師は、踊りながら、口の中で小さく何か唱えている。それは、むろん、光の君の耳まで届いてはいるのだが、その意味は不明であった。何かの呪であろうとは思うのだが、それが何かとは、光の君も問うたりはしない。

女の膝元《ひざもと》に、置かれているものがあった。

四つ脚の付いた香炉である。そこから、細く、ひと筋紫の煙がたち昇っていた。

そこで焚《た》かれているのは、芥子《けし》であった。燻《いぶ》した芥子の煙は腰の高さまで伸び、そこで、道摩法師の手足が巻き起こしたわずかな風に乱されて、散り、闇に溶けてゆく。その芥子の香りが、光の君の鼻にも届いてくる。

甘やかではあるが、どこか、腐《くさ》れゆく花の匂いにも似た、不思議な艶《なまめ》かしさを持った香りであった。

これを、炉に焼《く》べる時——

「阿芙蓉《あふよう》じゃ……」

道摩法師は言った。

「そこらの雑霊《ぞうりょう》や、迷神《まどわしがみ》を祓《はら》うのによいが、吸いすぎると、当人までもが、迷神《まどわしがみ》になってしまうやもしれぬものじゃ……」

その時、道摩法師は、言い終えて気味悪い笑みを浮かべている。

そのおりの笑みの一部が、踊っている道摩法師の貌にまだ残っている。

踊る道摩法師の動きが止まり、右手が女に伸びた。道摩法師の伸ばした右手の人差し指が、女の額に触れた。

「いでよのれよこのあめつちのもとにひとつとしておなじかみはなし……」

つぶやいて、道摩法師が指を額から離すと、
かっ、
と、女が眼を開いた。

「出たぞ、九十九匹目じゃ」

道摩法師が言う。

美しかった女の貌が歪《ゆが》んでいた。

開いた口の中で、赤い舌がへろへろと踊っている。

「わしではない……」

女の口が、男の声で言った。

「応天門《おうてんもん》を焼いたは、わしではない。あれは、何者かがわしをおとし入れようとやったことじゃ。ええい、憎や、憎らしや、恨めしや……」

女が、鉤状《かぎ》に指を曲げた両手を持ちあげ、宙を掻《か》く。

「こやつではないな」

道摩法師が、ちらりと黄色い眸《め》で光の君を見やると、光の君が、顎《あご》を小さく引いてうなずく。

道摩法師は、右掌を女の額にあて——

「疾《と》く去れ」

短く言って、

「吩《ふん》！」

と呼気を放った。

女の眼が閉じられ、歪んでいた貌がもとにもどった。

道摩法師は、懐から針を出し、そしてあらたな呪符をその針で貫いてから、それを、女の右の乳房の上に刺した。

「これで、もう、今しがたの迷神《まどわしがみ》はこの身体にもどれぬ」

光の君に向かってつぶやいた。

「さて、もう、あとはいくらも残ってはおらぬ。百匹目は大物ぞ……」

一方の唇の端を吊《つ》りあげて嗤《わら》った。

とん、
と、また、道摩法師が足を踏み出す。

ゆるりと手が持ちあがる。

そしてまた、とん、と足が踏み下ろされる。

とん……

とん……

その音が、同じ間合で響く。

道摩法師の唇から、呪の声が洩《も》れる。

ひしひしと、闇の中から寄ってくるものがいる。

闇の中に、姿をあらわし、そして、うごめくものたち……

「どうじゃ、ぬしには見えているのであろう……」

道摩法師が言う。

「はい」

光の君がうなずく。

「やはりな。ぬしは、我らが眷属《けんぞく》じゃ……」

「眷属?」

「ぬし、やつらを相手にたはぶれ遊びをしたことがあろう……」

「たはぶれ遊びでござりまするか……」

「まあよい。今はその話をしている時ではない」

また、道摩法師が、舞いながら呪を唱えはじめた。

確かに、光の君には見えていた。

灯りの届く、ぎりぎりのあたり——

几帳《きちよう》の陰……

柱の陰……

それらの間の影の中にひっそりと潜み、こちらを囲んで見つめているもの。

歌ったり、遊んだり、ものを叩《たた》いたりすると、それは、ものの中からたちあらわれ、這《は》い出て、かたちをなし、集まってくる。

昔から、それが見えたのだ。

それは、そこに、そうやってある——石や、樹や、水や草がそこにそうやってあるように。石や、樹や、水や草が自然《じねん》のものである如くに、それもまた自然のものであると思っていた。石や樹が人に害をなさぬように、それらのものもまた、害をなさぬものだと考えていた。ただ、そこに、そうやってあるものであると——

十七歳の、あの時までは……

今、光の君は、道摩法師、女と共に、それらのものに囲まれている。

人の姿をしたもの。

老婆。

子供。

今、女の身体から出ていったばかりの老人の姿もあった。

こわれた柄杓《ひしやく》のかたちをしたもの。

割れた壺《つぼ》の姿をしたもの。

犬。

鳥。

そして、蛇の姿をしたものもあれば、人の身体から、獣の足をはやしたものもある。

泣いている女。

呻《うめ》いている男。

沓《くつ》。

坊主。

そして、何が何やら得体の知れぬもの。

それらのもので、しばらく同じかたちを保つものは稀《まれ》だ。

さっきまで、若い女と見えていたものが、いつの間にか、老女の姿になっていたり、かたちが崩れて、何が何やらわからぬ曖昧《あいまい》な黒い影のようなものになっている。子供が、隣にいた狐《きつね》といつの間にかくっついて溶けあっていたり、もやもやした緑色のものが、気がついてみれば、小鬼の姿になっていたりする。

これほどの量、これらのものたちを見るのは、光の君も初めてであった。

と——

「来るぞ……」

ふいに、道摩法師が言った。

「これまでのものとは違う。剣呑《けんのん》な奴じゃ」

道摩法師が言い終えぬうちに、
のろん、
と、女が立ちあがった。

いつの間にか、その両眼が開いている。

その眼が、光の君と、道摩法師を見やった。

おう——

と、周囲のもののけたちが、無言の声をあげ、そこにひれ伏した。

「たれじゃ」

道摩法師が問う。

くけけけけ……

女が笑った。

「わからなかろう、わからなかろう――」

女は、じろりじろりとふたりを見た。

ふいに、両足を大きく開き、腰を落とした。

言うまでもなく、全裸である。

孕《はら》んでいるため、腹がふくれている。

「では、謎々《なぞなぞ》じゃ……」

女は言った。

両手を拳《こぶし》にして、その中から左右の人差し指を一本ずつ立てて、それを頭の左右に持ってゆき、

「地の底の迷宮の奥にある暗闇で、獣の首をした王が、黄金の盃《さかずき》で黄金の酒を飲みながら哭《な》いている――これ、なーんだ?」

にいっ、

と、女が嗤った。

「なんじゃと!?」

道摩法師が言ったその時、
ざわり、
と、女の長い黒髪が上へ持ちあがった。

「ひいっ」

女が声をあげた。

「ひひひいいいいっ」

女の黒髪が、逆立っていた。

周囲を囲んでいたものたちが、どっと笑い声をあげたようだった。

「同じだ……」

光の君は、つぶやいていた。

確かに同じだった。

五年前、六条の河原院《かわらのいん》へ、夕顔《ゆうがお》の君《きみ》を連れていった時と——

あの時も、このように女の髪が逆立ったのではなかったか。

女の身体が、髪で吊り下げられるように宙に浮いた。だらりと垂れた両足の爪先《つまさき》が、床よりも上になっている。

「ほう……」

と、道摩法師は嬉《うれ》しそうにそれを見あげ、右足を持ちあげ、それを、どんと床に踏み下ろして、右掌《みぎて》を前に突き出した。

「哈《はっ》!」

と呼気を吐いた。

その瞬間に、見えた。

巨大な手であった。

左手だ。

その左手が、五本の指の間に、女の髪の毛を鷲摑《わしづか》みにして、宙にぶら下げているのである。

「見えたぞ」

道摩法師は言った。

「あとは、わたしが――」

涼やかな声が道摩法師の背後でした。

見れば、光の君が、引き抜いた太刀を右手に握ってそこに立っている。

二歩、
三歩、

と、歩み寄って、

「はっ」

光の君は、その太刀を、斜め下から上方に向かって振った。

さくり、
と、女の髪が両断され、その髪を摑んでいた手も、その刃《やいば》が切り裂いていた。

「あっ」

と声があがり、手が天井の中へ消えてゆく。

その消える寸前、その手が、天井でゆらゆらと揺れ、妖《あや》しい動きをした。

そして、消えた……

髪の毛を離され、女の身体が床へ倒れ込むのを、その痩《や》せた身体のどこにそれだけの力があるのか、道摩法師が抱きとめていた。

ゆっくりと、道摩法師が女の身体を床に横たえた。

何があったか、何が自分の身に起こったのか、それを知っているのか知らないのか、女は、眼を閉じてそこに眠っていた。

「消えましたね……」

光の君は、抜き身の太刀を握ったまま、暗い天井を見あげながら低い声で言った。

その天井に、何やら書かれていた。

鬼の手が逃げてゆく時、そこで不思議な動きをした。その時に書かれたものであろう。

血で書かれた、歌であった。

二

「あれは、生霊《いきすだま》じゃな……」

杯の酒を、口に運びながら、道摩法師《どうまほうし》は言った。

「はい」

と、光《ひかる》の君《きみ》の紅《あか》い唇が動く。

簀子《すのこ》の上に座して、道摩法師と光の君は向きあっている。

すでに朝の光の中だ。

「昨夜、心あたりがあると言うていたな」

道摩法師が、音をたてて酒を啜《すす》る。

唇の端からこぼれた酒を、杯を手にした右手の甲でぬぐう。

昨夜、

「覚えは?」

と、道満に問われ、

「あるやもしれませぬ」

光の君は答えている。

「鴨川で会うた時は、覚えがないと言うていたが、あったということじゃな」

「ええ」

「たれじゃ」

杯を、盆の上にもどしながら、道摩法師が問うた。

「あちらのお立場もございまする故、今は申せませぬ」

夕顔《ゆうがお》の君《きみ》の時と同じであった。

五年前――

河原院《かわらのいん》。

あの時、夕顔の君は、逆立った髪で吊《つ》り下げられるようにして、持ちあげられ、床に落とされた時には、すでにことときれていた。

「まあ、よいわ」

道摩法師は、自らの手で瓶子《へいし》を握り、酒を自分の杯に注《そそ》ぎ入れた。

「ところで、ぬしは、あれについてどう思う？」

「あれ？」

「謎々《なぞなぞ》じゃ」

「あれですか……」

〝地の底の迷宮の奥にある暗闇で、獣の首をした王が、黄金の盃《さかずき》で黄金の酒を飲みながら哭《な》いている——これ、なーんだ？〟

昨夜、女——葵《あおい》の上《うえ》が口にした言葉だ。

「わかりませぬ……」

光の君は答えてから、

「しかし、思うところであれば……」

「言うてみよ」

「地の底ということであれば、それは黄泉《よみ》の国ということになりましょうか。黄泉の国なれば、そこを支配するは素戔嗚尊《スサノオのみこと》。獣の首となれば、これは、冥府《めいふ》の牛頭天王《ごずてんのう》、馬頭天王《めずてんのう》。素戔嗚尊は、牛頭天王とされておりますれば、これが、獣の王ということでござりましょう。両手の人差し指を立てて、それを頭へあてたというのは、これは、牛の角のことではござりませぬか——」

「ほう、なかなかみごとな謎解きじゃ。しかし、黄金の盃で黄金の酒を飲みながら、その王が哭いているというのは？」

「黄金というのは、権力《ちから》をしろしめすもの。それを手にして哭いているというのは、どのような権力《ちから》を持つ者であれ、その虚《むな》しきを知ってのことと考えればよいのでございましょうか──」

「おう、なかなかに上手《じょうず》の謎解きよ。しかし、それが、いったい、何を意味しているのじゃ。何故、あれは、そのようなことを言うたのかな」

「わかりませぬ」

「迷神《まどわしがみ》にしろ、生霊《いきすだま》にしろ、あれらは本当のことを言うとは限らぬ。いや、むしろ、常に嘘をつき、ただ、おもしろがるためだけに、でたらめや、思いつきを口にしたりする……

…」

「承知しております」

「それを、いちいち気にしていては始まらぬ……」

「はい」

「しかし、妙に気になる……」

「なにがでございます？」

光の君に言われて、道摩法師は、にいっと嗤《わら》った。

「言わぬ」

「言わぬ？」

「ぬしも、あれがたれであるか、言わぬではないか。わしも言わぬ」

道摩法師は、おもしろそうに光の君を見つめながら、酒の入った杯を持ちあげてゆく。

「今日、ゆくのであろう」

「はい。今、惟光《これみつ》に仕度をさせておりますれば――」

「女だな」

言って、道摩法師が、酒を乾《ほ》す。

「件《くだん》の相手は、女であろう」

「はい」

光の君はうなずいた。

「哀しみに満たされた女は、飢えたる魔王じゃ……」

「――」

「嘘と知らずに嘘をつき、真実《まこと》と知らずに真実《まこと》を言う。それらが綾《あや》なす、嘘と真実《まこと》の花ざかりじゃ。それに、惑わさるるなよ――」

「はい」

「女の涙にとろかさるるなよ。女の涙は、男の美酒《うまざけ》じゃ。これに酔うたら、わかるものもわからなくなる……」

「承知でござりまするよ、道満殿《どうまん》――」

光の君は、微笑した。

「謎々の意味も、女に問うてまいりましょう――」

光の君が言うのへ、

「言うておく」

道摩法師は、杯を置いた。

「これは、すぐには終らぬぞ。これは、始まりじゃ……」

「何の始まりでござります？」

「宴《うたげ》じゃ」

道摩法師は、嬉《うれ》しそうに嗤った。

「宴……」

「左様」

「何の宴でござります？」

「はて、何かのう……」

道摩法師が、言葉を止めたのは、わずかな時間であった。

「男と女、人と獣、陰と陽、愛《かな》しみと哀《かな》しみ、過去と未来、菩薩《ぼさつ》と阿修羅《あしゅら》、地獄と極楽、闇と光と神ともののけと人と人との……」

「……宴でござりまするか」

「うむ」

「それは、楽しみでござります……」

静かに言って、光の君もまた、妖《あや》しく微笑したのであった。

巻ノ四　六条御息所

一

ふたつの燈台《とうだい》の上に、灯火が点《とも》っている。

そのふたつの炎が、ほとんど揺れもせずに燃えているのは、そこの空気が動いていないからである。

まだ、昼だというのに、遣戸《やりど》も、格子《こうし》も、いずれもが閉じられているため、外の風がほとんど入ってこないからだ。風ばかりではない。外の明りもまた、遮断《しゃだん》されている。

だから、灯火が点されているのである。

そして、微《かす》かな芥子《けし》の匂い……

「会うてはいただけぬと思うておりました……」

光《ひかる》の君《きみ》は言った。

「いらっしゃるであろうと思うておりました……」

しばらく間をおいて、そう言ったのは女の声であった。

六条御息所《ろくじょうのみやすどころ》である。

御簾《みす》が下がっている。

その御簾の向こうに繧繝縁《うんげんべり》——畳が敷かれ、六条御息所はその上に座して、光の君と対面しているのである。

ふたりの左右に、長脚《ながあし》の燈台が立てられていて、そこに火が燃えているのである。

ふたりきりだ。

人払いをし、他人に見えぬように周囲を囲ってしまっている。

御簾の向こうに、ほのかに六条御息所の顔が見えているが、炎の灯《あか》りで見てさえ、その顔色が青白い。

遣戸と柱の間に、わずかに隙間があって、そこから、ひとすじの細い刃物のような陽光が、床まで伸びている。

「これまで、何度か足を運んだのですが、お会いしていただけませんでした……」

光の君は言った。

しかし、六条御息所からは、返事がない。

光の君は、周囲を見回わし、

「本日は、ここに、我らふたりきり。これは、わたしが今日、ここへやってきた理由が何であるか、すでに御存知であるということですね」

静かに言った。

沈黙があって、やがて、

「はい……」

という細い声が響いた。

その声は、感情を押し殺そうとしているかのように、わずかに震えていたが、覚悟を決めたような様子もまたうかがえる声であった。

光の君は、そこで、ひと呼吸の間を置いた。

御息所の答を、自分の中に呑《の》み込むための時間であった。

光の君が、口を開いた。

その口から、よく通る低い声が、ゆらぎ出てきた。

　嘆きわび空に乱《みだ》るる我が魂《たま》を
　　むすびとどめよ下《した》がひのつま

歌であった。

昨夜、妖物が残していった歌だ。

あの巨大な手が、天井の暗がりの中へ消える時、その手が、天井のあたりで奇妙な動きをしたのだ。

人差し指が、ゆらりゆらりと天井を這《は》うような、掻《か》くような動きをして、その後消えたのだ。

その後、よくよく天井を見てみれば、梁《はり》の一本に、その歌が血文字で記されていたのである。

葵《あおい》の上《うえ》の髪を切った時、髪とは別の手応《てごた》えが、太刀にあった。おそらく、太刀の切先が妖物の手の指を傷つけていたのであろう。妖物は、自らの血で、梁にその歌を書き記していったのである。

下がひ――

というのは、下前《したまえ》のことで、着物を前で合わせた時、下側になる方のことだ。

つま――

というのは、褄《つま》のことで、長着の裾《すそ》の左右両端の部分をいう。

――我が魂《たましい》は、嘆きのあまりにこの身体より空にあくがれいでて迷うておりますが、どうかそのわたくしの魂を、下前の褄を結びとめて、本心にかえしてください。

そういう意の歌である。

このころ、人々の間では、人魂の飛ぶのを見たら、
魂《たま》は見つ主はたれとも知らねども

結びとどめつ下がひのつま

という歌を誦《ず》して、衣の下前の褄を結ぶと、抜け出ていた魂《たましい》が、もとの身に還《かえ》ると言われており、それをふまえた歌である。

「昨夜、あるところで、この歌を詠《よ》んでいったお方がございます」

光の君は言った。

「それは……」

と、何か言いかけた御息所の言葉を遮《さえぎ》って、

「どうすれば、よいのでござりましょう……」

光の君は問うた。

「どうすれば？」

「そのお方は、たいへんなお苦しみの中にあって、そのお苦しみ故に、我がもとまでいらっしゃって、件《くだん》の歌を詠んでいったのでござりましょう。どうすれば、わたくしは、その方を、そのお苦しみから解き放ってさしあげることができるのでしょう……」

光の君が言った後、これまでで、一番長い沈黙があった。

その沈黙の間中、光の君は、御簾の向こうの御息所を見つめていた。

「どうしようもござりませぬ……」

御息所は言った。

「いかんともしがたき、人の心はございます。時を重ね、月日が経れば、いつの間にか癒《いや》される心もございます。しかし、決して癒されぬ人の心もあるのでございます……」

掠《かす》れた、細い声であった。

今にも消え入りそうな声ではあったが、しかし、しっかりと、確かに光の君にその言葉は届いてきた。

「その方に、このわたくしの心を見せてさしあげることができたとしても？」

「人の心を、別の人に見せることなど、もとよりできることではございませぬ」

「その方のことを、愛《いと》しく想うていると、お伝えしても？」

「ああ……」

と、御息所は、低く声をあげた。

「言われて、耳は、その声を聴くことができるでしょう。その腕《かいな》が、そのお方を抱けば、身体はその方の腕の力を感ずることができるでしょう。しかし、心は……」

「心？」

「心は、どうして、その言葉を信ずることができるのでしょう――」

「その心が、真実《まこと》であれば……」

「真実《まこと》のこと、真実の言葉など、どこにありましょう。花はうつろうもの。人の心もまたうつろうものにござります。ある時は真実《まこと》であった心が、明日もまた真実であるとは限りませぬ。花の散るのをとめることができぬように、人の心がうつろうのもまた、とめることができないのです。それは、よく承知しております。しかし、いくら承知をしていても、この身より、外へあくがれいずる魂《たま》を止《とど》めることはできませぬ……」

「五年前、河原院《かわらのいん》のおりにも、いらっしゃいましたね……」

また、沈黙があった。やがて――

「はい……」

御息所はうなずいた。

「先頃の、車争いのこと、まことにもうしわけなく思うております。あれは、随身《ずいじん》たちが、勝手に始めたことで、わが妻《つま》の命じたことではござりませぬ……」

「――」

「そうとは言うても、あの御無礼、許されるものではござりませぬ。全てはこのわたくしの咎《とが》……」

「言うてくだされますな」

御息所は言った。

「言うてくだされますな。皆、承知のこと。皆承知しております。しかし、あなたが、言えば言うほど、わたくしの心は乱れ、揺れ、押さえようがなくなってまいりますれば……

「……」

「――いらぬことを申しあげてしまいました」

　また、沈黙があって、

「もう、用事はおすみでござりましょうか――」

　御息所の声が響く。

「いいえ」

　光の君は、浅く腰を浮かせた。

　左膝《ひざ》が、すっと床を動いた。

　右、左、右、左と、さらに膝が動く。光の君は、膝で御簾の方へにじり寄ってゆく。

　膝をとめ、

「御免――」

　御簾の下部を指でつまんだ。

「何をなされます!?」

　御息所の声を無視して、御簾を持ちあげた。

　するりと、光の君は、御簾の向こうへ、自分の身体を滑《すべ》り込ませていた。

　腰を後方へ引いて、逃げようとする御息所の左手を握った。

　御息所が、動きを止めた。

その手をひきよせ、燈台の灯りでその指を見つめた。

「左利きで、いらっしゃいましたね——」

御息所の左手の人差し指の先に、刃物傷があった。

「あっ」

と叫んで、左手をひこうとした御息所であったが、それはできなかった。

強い力で左手をひかれ、光の君の顔がかぶさって、その傷のついた人差し指を唇に含んだのである。

すでに、光の君の両膝は、繧繝縁《うんげんべり》の上に乗っている。

一瞬、身体の力が抜けかけたが、御息所は右手を光の君の胸にあて、

「おやめくだされ」

強く押した。

光の君の唇が、放れた隙に、御簾の横から、御息所は床の上へ逃がれ出ていた。

それを、光の君が、後ろから抱き止める。

御息所を両腕の中へ抱き込むと、芥子の匂いがした。

遣戸の隙間から入り込んだ細い光の筋が、刃物で切りつけたように、御息所の左眼から左頬へ抜けている。

見つめあった。

「死にますよ」

御息所が言った。

光の君が、腕の力を緩《ゆる》めた。

「本当に死にそうだ」

光の君は言った。

それでも、まだ、御息所は光の君の腕の中だ。すでに、力はこもっていないから、逃げようと思えば逃げることができる。しかし、御息所は逃げなかった。

「さきほど、あなたは、昨夜のお方のことを、愛しく想うていると口になさりました——」

「はい」

「それは、真実《まこと》ですか」

「真実《まこと》にござります」

「では、あなたは、あなたの妻《つま》なる御方《おんかた》のことは、愛しいとは想うておりませぬのか——」

光の君は、腕に斜めに抱え込んだ御息所の顔を、近い距離から見おろしながら、

「それをわたしに言わせたいのですか」

微笑した。

「はい」

「愛しいと想うておりますとも。わたしは、わが妻のことを、愛しいと想うておりますと

も――」

「では、他の方々は？」

御息所は問い、その〝他の方々〟の女の名を口にした。

光の君が、空蟬《うつせみ》と呼んだ女の名も、そして、夕顔《ゆうがお》の君《きみ》と呼んだ女の名もあった。

「はい」

光の君はうなずいた。

「わたしは、今、あなたの口にされた方々をいずれも愛しいと想うております」

「本当に？」

「はい」

「それは、嘘です」

「嘘？」

「あなたは、心より女を愛しいと想うたことなど、これまでにただの一度もないお方です」

御息所は、両手で、光の君の身体を押した。

強い力ではなかった。

しかし、それで、光の君の身体が放れた。

「おわかりでしょう」

御息所は言った。

「わたくしの身体から、芥子が匂うのを――」

「ええ」

光の君はうなずいた。

さっきから、匂っている。

おそらくは、この芥子の香りを消そうとしてのことであろう、沈香《じんこう》を濃く焚《た》いているが、それでもこの芥子の匂いは消せなかった。

「消えないのです」

御息所は言った。

「いくら身体を洗うても、どれだけ着るものをかえようとも、これが消えないのです。この芥子の匂いは、わたくしの身体そのものにしみついてしまっているのです……」

御息所の声が、高く、大きくなっている。

「はじめは、何の匂いかわかりませんでした。しかし、朝、眼覚めるたびに匂うこの芥子の香りの理由に思いあたった時には、どんなにか、驚いたことでしょう……」

御息所は、光の君を見つめている。

「夜、眠った時に見る、あのおそろしい夢が、事実であったのだと、それで気がついたのです。五年前に見たあの夢もまた、事実であったのだと――」

光の君は、ただ、黙って御息所の言葉を聴いている。

芥子は、人に憑《つ》く悪しき霊を追いはらうために、焼《く》べるものだ。

葵の上の時にも、それをやっている。

その匂いが、御息所についたのだ。

「夜、眠ると、わたくしの身体より、魂が抜け出して、祟《たた》っているのでござります。わかっているのです。これはいけない。こんなことがあってはならないと思っているのです。しかし、それでも、夜になると、同じことになってしまうのです。わたくしが、わたくし自身をとめることができないのです」

激しい口調になった。

「こうなっては、もう、他に術《すべ》はござりませぬ」

御息所は、懐に手を入れ、何かを取り出した。

それは、小刀《ちいさがたな》であった。

御息所は、それをゆっくりと左手で引き抜いた。

灯りが、その冷たい刃《やいば》に映る。

「最後にお眼にかかれて、嬉《うれ》しゅうござりました」

言うなり、御息所は、その切先を喉《のど》にあてた。

「お待ちなさい」

光の君は、御息所の左腕を摑《つか》み、その手から小刀をもぎとった。

「死なせてください！」

御息所は叫んだ。

「いいえ、わたくしを殺してください。わたくしが死ねば、もう、あのようなおそろしいことは、二度とおこらずにすむことでしょう」

ぽろぽろと、御息所の眼から涙がこぼれ落ちた。

「死ぬことはなりませぬ」

光の君は、御息所を見つめた。

「それほどに、心にこわいものを持つお方は、生きていれば生霊《いきすだま》となり、死すれば死霊《しりよう》となって、祟らずにはおかぬものです」

「その通りじゃ……」

御息所は、低くつぶやいた。

今度は、顔を伏せ、すすりあげるように哭《な》き出した。

「生きておれば生霊として、死ねば死霊として、わたくしは、祟らずにはおられぬでしょう。女とは……いいえ、わたくしは、そういう性《さが》に生まれついたものです……」

「いくらでも、祟りなさい」

光の君は言った。

優しい声であった。

「いくらでも祟ってよろしいのですよ……」

御息所は、顔をあげた。

不思議そうな眼で、光の君を見た。

「その祟り、全て、このわたくしが受けましょう」

え？

という顔で、御息所は、光の君を見あげた。

「あの男なら、何か、よい方法を知っているやもしれません」

「あの男？」

「蘆屋《あしや》道満《どうまん》という、法師《ほうし》陰陽師《おんみょうじ》です……」

言ってから、

「ところで、あれは、どういうことだったのでしょう」

光の君は、訊《たず》ねた。

「何のことでしょう」

「謎々ですよ。獣の首をした王のことです。その王が、哭きながら、黄金の盃《さかずき》で、黄金の酒を飲んでいると言われました」

「わたくしが!?」

「ええ、昨日《さくじつ》の晩に――」

「知りません。わたくしはそんなことを口にした覚えはござりませぬ」

御息所は言った。

二

葵《あおい》の上《うえ》は、仰向けになって、静かに寝息をたてている。

身体の上に掛けられた薄い夜着が、ゆるく上下しているのが見える。

その傍で、光《ひかる》の君《きみ》と蘆屋《あしや》道満《どうまん》は、向かいあって座していた。

光の君が、六条御息所《ろくじょうのみやすどころ》と会ってきた話を、今、し終えたところであった。

聴き終えて、

「やはりな……」

と、道満はうなずいた。

「やはり、そうであったかよ。あれとその女とは、別ものであったということだな」

「やはり、ということは、道満殿は、はじめからそれを知っておられたということですか――」

光の君が問うと、

「うむ」

道満はうなずいた。

「謎々《なぞなぞ》の鬼は、この女の中にいて、この女の口を借《か》りて、我らに謎かけをした。この女の髪を摑《つか》んで持ちあげようとした生霊《いきすだま》は、外からこの女に祟《たた》ろうとしたものじゃ。つまりそのふたりというか、ふたつのものは、別ものということじゃ――」

「それとわかっていて、何故、道満殿は、わたしを、あの方のもとへゆかせたのです?」

「いずれにしろ、確認はしておかねばならぬからな。それよりも、ゆく必要があったのは、ぬしの方であったのではないか。それを止めるのは不粋《ぶすい》というものじゃ――」

すでに、陽は西に傾き、庭の松の影が、長く床の板の上に伸びてきている。

夕刻が近づいていた。

「で、その後は?」

道摩《どうま》法師《ほうし》が、光の君に訊《たず》ねた。

「後?」

「その女、まだ、何か言うていたのではないかえ?」

「そうでした」

光の君は、うなずいた。

あの後も、しばらく六条御息所との話は続いたのである。

三

「そう言えば……」

と、六条御息所《ろくじょうのみやすどころ》は、何か思うところがあるように、視線を遠くにさまよわせた。

「何でしょう」

光《ひかる》の君《きみ》が問うと、

「あの場に、たれかいたような……」

六条御息所はつぶやいた。

「たれか？」

「もとより、生霊《いきすだま》となって、わが魂がさまようている時は、夢のできごとの如く、全てのことがさだかでなく、記憶も曖昧《あいまい》なところが多うござりますのですが……」

「――――」

「たれかに、どこかから、ずっと見つめられていたような……」

「どこかからとは？」

「深いところにござります。そうとしか申せません。川ならば深い淵《ふち》、形も色も曖昧《あいまい》で、朧《おぼろ》なゆらめきのようになって、その正体さえさだかでない淵の底から、たれかが、このわたくしをずっと見つめていたような……」

「それはたれなのです？」

「わかりませぬ。わかりませぬが、ただ、非常にこわく、おそろしいもののような……」

「――――」

「異国《とつくに》の神がどういうものかは、わたくしには想像もつきませぬが、言うなれば、異国《とつくに》の禍神《まがかみ》の如くに、こわい、得体の知れぬものが、わたくしを淵の底から見つめているような気がいたしました……」

六条御息所は、そう言ってから、自らの言葉に怯《おび》えたように身をすくませ、震わせたのである。

四

「なるほど、異国《とつくに》の禍神《まがかみ》か……」

蘆屋《あしや》道満《どうまん》は、唇の片端を持ちあげて、黄色い歯を見せた。

「よほど、奇怪なものでも見たのであろうかな……」

道満は、くつくつと、小さくひきつれたような笑い声をあげた。

「そう言えば、まだ、うかがっておりませんでした」

光《ひかる》の君《きみ》が言った。

「まだ?」

「あの謎々についての、道満殿の絵解きを——」

「そうであったな」

「今朝ほどは、妙に気になると申されておりました。いったい、何が気になると?」

「異国の禍神じゃ」

「それは、譬《たと》えの話ではござりませぬのか」

「そうとばかりも言うてはおられぬやもしれぬぞ……」

「それは?」

「我らが祀《まつ》る仏も、もとは異国の神ではないか。その仏を守る、帝釈天《たいしやくてん》、梵天《ぼんてん》も、いずれは天竺《てんじく》の神じゃ。この国のどこにどのような異国《とつくに》の神が潜《ひそ》んでおるかなど、たれにもわかるものか——」

「たしかに——」

「我が名を秦道満《はたのどうまん》と呼ぶ者もおる。それは、わしが秦氏《はたし》の血を引いておるからよ。この秦の血もまた、遠い昔に、異国《とつくに》よりこの地にやってきたものじゃ。血、すなわち人がやってくれば、その人と共に、その人が崇《あが》める神もまた一緒にやってくる。神がやってくれば、その神の影の顔——禍つ神もまた共にやってくることになる……」

「はい」

「もうひとつ、気になるのは、獣の首をした王のことじゃな――」

「獣の首をした王？」

「ぬしは、それを素戔嗚尊《スサノオのみこと》――すなわち牛頭天王《ごずてんのう》と解いた――」

「はい」

「いずれが正しいとは、まだ言えぬが、これにはまだ、他の絵解きもあるということじゃ」

「他の絵解き？」

「うむ」

「それは、どのような」

「それを話す前に、ぬしにたしかめておくことがある」

「何でしょう」

「ぬし、あれが見えると言うていたな」

「あれ？」

「昨夜、わしが反問《へんばい》している時に、集まってきたもの、、たちのことじゃ」

「ええ」

光の君は、うなずいた。

昨夜、道摩《どうま》法師《ほうし》が、この部屋で、足を踏みながら呪《しゅ》を唱えていた時、周囲の闇に群れ集《つど》うていたものたちなら、確かに見える。

「あれはな、ただの者たちには見えぬ。それはわかるな――」

「はい」

「あれは、何だと思う」

「はて――」

問われて、光の君は言葉を呑《の》んだ。

あれのことを、こうもはっきりと問われたのは、初めてのことであった。

幼い頃から、あれは見えていた。

暗くなると、逆に見えてくる闇に集うものたち。

かたちあるもの、かたちなきもの――それはさまざまであったが、他の者には見えぬのだということがわかったのは、ものごころがついて、しばらくしてからのことである。

「あれは何じゃ」

乳母《めのと》などに、そう問うても、

「何のことでございます?」

そう言われて、不思議がられるだけであった。

そこにある、木や、石や、水や、花や、草はたれにでも見えている。あれもそういう自《じ》然《ねん》のものだと考えていた。しかし、あれ《ヽヽ》は、そのようにはたれにでも見えてはいないのだということが、やがて、光の君にはわかるようになった。

わかるようになってからは、そのことを口にしなくなった。

むろん、あれ《ヽヽ》が何であるかなどと、問うこともやめた。

「何もございませんよ」

「夢でもごらんになっているのではありませんか」

そのように言われるのが、わずらわしくなったからである。また、あれ《ヽヽ》のことを口にしなくなったからと言って、それで、何か大きな不都合が起こるということもなかった。

五年前の、あの時までは――

「あれ《ヽ》が何であるかは、わたしにははっきりはわかりませぬ。ただ、わたしにとっては、昔からそこにある石や、木や、水の如きもので、それらがそこにそうやってあるが如くに、そこにあって不思議のないもの、自然《じねん》のものと思うておりました……」

「ほう」

「あえて、何かと問われるのなら、もののけというものは、あのようなものであるかと――」

「なるほど――」

道満はうなずいた。

「それは、間違ってはいない。たしかにあれは、物《もの》に宿るものじゃ。ものの気配のようなもの。どのようなものにも、あれは宿っている。そういうことでは〝物の気《け》〟、あるいは〝物の怪《け》〟と呼んでよいものじゃ――」

「どのようなものにもと言われましたか？」

「言うた」

「たとえば、あれは、人にも宿るものでございますか」

「うむ」

「犬にも？」

「うむ」

「草にも、石にも、たとえば、あそこの松にも宿るものでございましょうか」

「その通りじゃ」

「生命のようなものにございましょうか？」

「生命のようなものだが、生命とはまた別ものじゃ。しかし、あれが、自然《じねん》のものであるというおまえの考えは、間違《まちごう》てはおらぬ」

「はい」

「あれはな、人がおらぬところでは、ただのあのようなものじゃ」

「と言いますと？」

「人がおる所で、あれは神《かみ》になる」

「神に？」

「人が、あれを見、あれを思うことによって、あれはそのような神《もの》となってゆくのじゃ。そこらの迷神《まどわしがみ》や雑霊《ぞうりょう》などの多くは、あれがそうなったもの——」

「——」

「あれはな、そこにただ石のようにあるだけなら、ただそれだけのものじゃ。しかし、その石であっても、人がそれを手に握り、人にぶつけようとしたら何となる——」

「——」

「ただの石であったものが、武器となり、禍々《まがまが》しきものとなって、人を傷つけ、殺すこともあるということじゃ」

「わかります」

光の君はうなずいた。

「わかるということは、何かあったということか——」

「ある時、あれが群れ、寄り集まって鬼と化《か》して襲うてきたことがございます。その時、女がひとり、憑《と》り殺されました……」

「そういうものじゃ」

「——」

「あれは、人が思えばそのような神《かみ》になると言うたではないか。あれ自身は、無害なものであっても、それを人が思い、念ずればそれは禍《まが》つ神《かみ》にも、鬼にもなる……」

「――――」

「あれは、人の気配や、人の動作、人の声、人の出す楽《がく》の音《ね》や、音によく感応する。したがって、あれを神《かみ》となして奉《たてまつ》る者たちもこの世にはおる……」

「それは、どのような者たちにござりますか――」

「傀儡《くぐつ》や放下師《ほうかし》、呪師《のろんじ》たちよ」

「はい――」

「それは、宿《しゅく》の神じゃ。夙《しゅく》の神《かみ》であり、守宮神《しゅぐうじん》であり、また、我らが操る式神《しきがみ》の正体も、またこれじゃ。シュク、スク、サク、サケの名で呼ばれるものは、神でも土地でも、いずれは同根じゃ……」

「――――」

「天津神《あまつかみ》来たるより前、国津神《くにつかみ》ましますより前、さらに深き時の底におわします神がこの宿《しゅく》の神。人、哥《うた》う時現われ、人、手拍子する時現われ、人、楽を奏《かな》ずる時現われ、人、舞いて足踏みたる時現われるもの。あらゆる神々の母神《おやがみ》たるもの――それが、この神よ……

……」

「それと、こたびの謎かけの神《もの》と、いかようなる関わりが……」

「さて、あるのやらないのやら……」

道満は、今様《いまよう》の一節でも哥《うた》うように言った。

「神も、ものも、鬼も、人の心も闇の中では同じように見ゆるものじゃ。時にそれはわかち難《がた》く、時にそれは同じものでもある……」

「さて、謎かけのあの獣の首をした王のことじゃ――」

道満は、さぐるような眼で、光の君を見やった。

「はい」

「これが、牛頭天王でないとすれば何とする?」

「猪頭《いのかしら》のことではござりませぬか――」

「ほう!?」

と、道満は、高い声をあげて、眼を細めた。

すでに、陽は、西の山陰に没して、あたりは暗くなりかけている。

「おもしろいのう。やはり、そなたは特別じゃ。猪頭《いのかしら》とな。なるほど、それは、このわしも気がつかなんだことじゃ――」

「そもそも、賀茂祭《かものまつり》というは、その昔、卜部《うらべ》の卜《うらな》いによりて、始まりしもの。そのおりに、馬に鈴を係《か》け、人は猪《いのしし》の頭《かしら》を被《かぶ》りて駆けたと言われております――」

「その通りじゃ。『秦氏本系帳』のうちにそのこと、記されておる――」

道満は、まるで、その書を読むかの如くにそれを口にした。

——その祭祀《さいし》の日、馬に乗るは、志貴島宮《しきしまのみや》御宇《にあめのしたしろしめす》天皇《てんのう》の御世《みよ》、天下国《てんかのくにこぞ》挙りて風吹き雨零《しめ》り、百姓愁ひを含む。その時、卜部《うらべ》の伊吉若日子《いきのわかひこ》に勅《ちょく》して卜《うら》へしめたまふ。乃《すなわ》ち卜へて、賀茂の神の祟《たた》りなり、と奏《そう》するなり。

仍《よ》りて四月の吉日《よきひ》を選びて祀《まつ》るに、馬は鈴を係《か》け、人は猪の頭《かしら》を蒙《かぶ》りて駈馳《は》せ、以《も》って祭礼を為し、能《よ》く禱《ね》ぎ祀《まつ》らしめたまふ。これに因《よ》りて五穀《ごこく》成就《みの》り、天下豊《ゆたか》なりき。

馬に乗ること、ここに始まれり。

「『山城国風土記《やましろのくにふどき》』の一節ですね」

光の君は言った。

「そうじゃ。それが、『秦氏本系帳』に引かれておる——」

志貴島宮《しきしまのみや》御宇《にあめのしたしろしめす》天皇《てんのう》——というのは、欽明《きんめい》天皇（五三九、あるいは五三一年に即位）のことである。

その頃に、暴風雨があって、国中が大飢饉《だいききん》となった。

そこで、卜部《うらべ》に卜《うらな》わせたところ、

「これは賀茂の神の祟《たた》りである」

と出た。

それで、この神を鎮《しず》めるために、馬に鈴をかけ、それに猪頭《いのかしら》を被《かぶ》せた人を乗せて駆けさせたところ、五穀がよく実るようになって、国が豊かになったというのである。

「猪頭を被るは、何のためじゃ？」

道満が、光の君に問う。

「猪は、賀茂の神にして雷《いかづち》の神――」

「よう知っておる。その通りじゃ――」

道満は感心したようにうなずき、

「そもそも、この賀茂の祭、秦氏が賀茂氏に譲《ゆず》った祭じゃ――」

そう言った。

「譲ったと言いますと？」

「山城の地に、秦氏より先に入っていたのが賀茂氏じゃ。秦氏はそのあとに、この地へやってきた。そのおり、賀茂氏より婿《むこ》を取って、それを縁《えにし》として、ともにこの地に住むようになったのじゃ――」

「しかし、秦氏は、この地を統《す》べる神を、自らは祀ることをせず、それを賀茂氏にまかせたということですね」

「さよう。ぬしが相手となると、話の早いのがよい」

道満は言った。

「だが、どうして、秦氏は、この土地神とも言うべき賀茂の神を祀《まつ》らなんだのかな」

「それは、秦氏が、すでに新しき神をこの地に祀りするつもりであったからでしょう」

「その新しき神とは？」

「仏にござります」

「広隆寺《こうりゆうじ》じゃな」

「厩戸《うまやど》の大君からいただいた弥勒仏《みろくぶつ》を、秦河勝《はたのかわかつ》が、新しき神としてこの地に祀《まつ》りました
——」

「しかし、新しき神とは言うても、それはこの地にとってということで、仏そのものは、遥《はる》か古《いにしえ》より伝えられる神ではある——」

「その通りでござります」

「ところで、その寺の別名を知っているか」

「秦公寺《はたのきみでら》、葛野寺《かどのでら》——あるいは、太秦寺《たいしんじ》、太秦寺《うずまさでら》でござりましょう」

「よう知っておる。まことに、ぬしはもの知りよ。で、さきほどぬしが言うていた猪頭《いのかしら》の神事のことじゃが、それを、こたびの一件と、どう繋《つな》げる？」

「御阿礼《みあれ》祭でござります」

光の君は、よどみなく言った。

「ほほう」

道満が、興味深そうに、身を乗り出した。

「その御阿礼《みあれ》の神事が何だと？」

「わが妻と、六条の御方《おんかた》との間《あいだ》で、車争《くるまあらそ》いのことがあったことは、お話し申しあげました――」

「うむ、聴いた」

「その同じ日の晩に、御阿礼《みあれ》の儀《ぎ》が、賀茂の社《やしろ》で執り行なわれております」

「うむ」

道満がうなずく。

賀茂祭《かものまつり》において、最も重要な神事が、この御阿礼の儀であるといっていい。秘儀である。

本祭の三日前の深夜に、一部の神職のみでこの儀が執り行なわれる。

秘儀中の秘儀であるため、それがどのようなものか、知る者は極端に少ない。

わずかな記録からうかがうに、それは、おおよそ次のようなものであったらしい。

その秘儀の執り行なわれる場所というのは、上社《かみやしろ》の背後にある、神山《こうやま》の麓《ろく》に設けられた御阿礼所《みあれどころ》である。

そこに、大きな柴垣《しばがき》の御囲《おかこい》を設け、その中央に〝阿礼木（榊《さかき》）〟と〝御休間木《おやすまぎ》（杉）〟を置く。

　当日深夜、その前で宮司《みやづかさ》が、〝矢刀禰《やとね》〟である神人《じにん》の持つ丹塗《にぬ》りの矢に割幣《わりぬさ》を結びながら、

「迎《むか》え給《たも》う」

「移り給う」

　と、繰り返し口の中で唱える。

　すると、御囲《おかこい》の中であらたに誕生《みあれ》した神霊が、その矢に乗り移る。

　その後、その矢を捧持《ほうじ》する神人《じにん》が、御阿礼所から本殿へと進んで、御扉の開かれた本殿の中央にある御帳台《みちょうだい》に、神霊を遷《うつ》し鎮《しず》めるのである。

「その神は、別雷　神《わけいかづちのかみ》にして、猪である雷神――」

「ほほう」

「この神が、何故か、我が妻に憑《つ》いたとは考えられませぬか――」

「なるほど、そういうことか。獣の首をした王というのは、この別雷　神《わけいかづちのかみ》だというわけだな――」

「いえ、確証があるわけではござりませぬ。このような考え方もあるということでござります」

「賀茂の神が、ぬしの妻に憑《つ》いて祟り、謎々《なぞなぞ》を出して、我らを試していると、そういうこ

とか——」

「そこまでは……」

「言うておるではないか。かまわぬかまわぬ。もともと、賀茂の神は祟り神じゃ。機嫌を損ねると、暴風雨を起こす荒ぶる神ではないか——」

「——」

「まあよい。ともかくは、明日じゃ——」

「明日？」

「明日、ぬしを連れてゆく」

「どこへでござりましょう」

「それは、明日になっての楽しみじゃ」

道満が、そこまで言った時、ゆらりと、炎の色が揺れた。

灯《あか》りとともに、惟光《これみつ》が入ってきた。

「もう、夜になっておりますれば、灯りを——」

惟光は、そう言って、置いてあった燈台《とうだい》に灯りを点《とも》していった。

すでに、庭は暗い。

ほんのりと、空に明りが残っているだけだ。

その闇の中で、これまで、光の君と道満は話をしていたのである。

惟光が出ていった後、ふたつの燈台の上で、炎が揺れている中で、しばらく光の君と道満は、互いの顔を見つめあっていた。

「さて、また、夜になった……」

道満がつぶやいた時であった。

夜着の下で眠っていた葵の上の身体が、まるで宙に浮きあがるかのように、起きあがり、灯りの中に立った。

はらりと、夜着が床に落ちる。

重さが感じられない。

葵《あおい》の上《うえ》は、ほとんど爪先《つまさき》で、床の上に立ち、両眼を開いて、ふたりを見やった。

にっかりと笑った。

「おもしろいのう……」

葵の上は、言った。

「いろいろ聞かせてもろうたわい」

男の口調のようでもあり、女の口調のようでもある。

「さて、我が名をなんと呼ぶ。我はたれかのう……」

「ふふん……」

道満が微笑する。

「また、謎々《なぞなぞ》じゃ」

葵の上の唇の左右が吊《つ》りあがる。

「言え、聞いてしんぜよう」

道満が言う。

「一度しかいわぬぞ……」

言って、葵の上は、赤い舌を出して、自分の上下の唇を、へろりへろりと舐《な》めあげた。

「固《かた》き結び目ほどけぬと、中で哀れな王が泣いている。この結び目ほどくのだーれ……」

言い終えて、葵の上は、光の君と道満を交互に見やった。

「わかるかのう、わかるかのう……」

にいっと笑って、その眼が閉じられた。

ふわりと、葵の上が仰向けに倒れた。

光の君が歩み寄って、見下ろすと、もう、葵の上は寝息を立てていた。

巻ノ五　摩多羅神

一

光《ひかる》の君《きみ》は、道満《どうまん》と並んで歩いている。

周囲は、かまびすしい。

売り子の声や、それを買おうとする者の声が満ちている。

茣蓙《ござ》を敷いて、そこへ菜を積みあげている者もいれば、地べたにそのまま、持ってきた菜を置いている者もいる。

絹を売る者や、籠《かご》や手《て》桶《おけ》を売る者、干した魚を売る者もいた。

まだ、中天に昇りきらない陽光が、上から注いでいる。

東市《ひがしのいち》――

都の生活必需品《ひつじゆひん》や、小物などを売る市だ。

様々な臭いと声が、その大気の中に混ざっている。

道満と光の君は、その喧騒《けんそう》の中を歩いているのである。

「昨日、連れてゆくところがあると言っていたのは、ここだったのですね」

光の君は言った。

ふたりが歩いてゆくと、いやでも周囲の人目をひいた。

白い狩衣《かりぎぬ》をふわりと纏《まと》った光の君と、汚ないなりをした道満に、市の人間たちは好奇の視線を向けずにはいられない。

光の君のような身分の者が、こうやって、東市《ひがしのいち》の雑踏の中を歩くなど、めったにないことであった。

「そんなところじゃ」

道満がうなずく。

昨夜は、あれから何も起こらなかった。

葵《あおい》の上《うえ》は、そのままひと晩中眠り続けたのだ。

そして、今朝――

朝餉《あさげ》をすませて、光の君は、道満とともに、屋敷を出てきたのである。

「昨夜のことですが――」

光の君は、言った。

「あの謎々か――」

「ええ」

「それがどうしたのじゃ」

「どういう意味であるかを考えていたのです――」

「わかったか?」

「いえ、わかりません」

「さもあろう」

「道満殿は、おわかりにござりますか?」

「わしにもわからぬ」


固《かた》き結び目ほどけぬと、中で哀れな王が泣いている。この結び目ほどくのだーれ。


「この結び目の王と、最初の謎々に出てきた、黄金の酒を飲んでいる王とは、同じ人物と考えてよいのでしょうか――」

「さあてな」

道満は、空を見あげた。

「放っておけばよい。今は、わからぬでよいではないか――」

「そうですか、放っておきますか――」

「いずれ、わかる」

「はい」

「まずは、女の中に入っているもの、それがいかなる神《もの》であるのか、それを知らねばならぬ――」

「――」

「それを知らねば、やつを祓《はら》うこともできぬからな」

「道満殿でも祓えませぬか？」

「ただ、祓うだけなら、方法がないではないが、それでは、女の身が危《あや》うくなることもあるでな……」

「はい」

「やつが、何者か、まずは知っておく必要がある――」

「ここへやってきたのは、そのためでござりますか――」

「うむ」

道満はうなずき、

「笛は？」

そう問うた。

「これに、用意してまいりました」

光の君は、懐へ、右手を当てた。

しばらく前、出がけに、

「笛を――」

道満がそう言ったのである。

笛の用意をせよと道満に言われて、光の君は、それを持ってきたのだ。

「じきに、使うことになる」

「じきに？」

「あそこでじゃ」

道満が、小さく顎《あご》をしゃくった。

その顎で示した先に、人だかりがあった。

二

ちょうど、市姫《いちひめ》の社《やしろ》の前であった。

鳥居の横に、松が生えている。

その松から、四間ほど向こうに、もう一本の松が生えている。

その松から松へ、高さ十尺ほどのところへ、一本の綱《つな》が渡されていて、その上に人が立っているのである。しかも、立っているのは右足一本であった。

素足である。

男だ。

齢《とし》の頃なら、三十歳をいくらか出たくらいであろうか。

粗末《そまつ》な小袖《こそで》を着ていた。その小袖の袖が、左右とも、肩のあたりからちぎれていて、逞《たくま》しい両腕がむき出しになっている。どうやらわざとちぎってあるらしい。

男は、右足で綱の上に立ち、左足で鞠《まり》を蹴《け》っているのである。

左足の甲で、
ぽーん、
と鞠を蹴ると、鞠は、男の頭よりも高い所まで浮いて、また落ちてくる。落ちてきた鞠を、また左足で蹴る。それが宙に浮いて、また落ちてきた鞠を、さらにまた男が蹴りあげる。

男は、しばらく前から、それを繰り返しているのである。

人だかりは、それを見物している者たちだったのである。

「呪師《のろんじ》の蜘舞《くもまい》ですね……」

光《ひかる》の君《きみ》が、つぶやいた。

呪師というのは、幻術《めくらまし》や、外術《げじゆつ》のことであり、それを使う者という意味も、そこにはある。

蜘舞というのは、呪師や放下師《ほうかし》たちが、綱の上でやる軽業《かるわざ》のことだ。時に、籠《かご》抜けなどの軽業全体を、蜘舞と呼ぶこともある。

「うむ……」

と、道満《どうまん》は答えて、見物している者たちの中で足を止めた。

綱の上で、男は、右足で飛び跳ねだした。しかも、飛び跳ねているその時も、左足は鞠を蹴り続けている。

そして、落ちてきた鞠を、男は、左足の上でぴたりと止めた。それで、男は、綱の上で後ろに一転し、また、右足で綱の上に立った。

蜻蛉返り《とんぼうがえり》——

片足で、しかも綱の上である。それでも、左足の上にのっていた鞠は落ちなかった。

男が、綱の上で蜻蛉返りをした時、見物人は、わっと声をあげ、鞠を落とさずに立った時には、どよめきの声をあげた。

その鞠を蹴るのに合わせ、鼓《つづみ》の音が鳴っている。いや、鼓の音に合わせて、男は鞠を蹴っているのかもしれない。

その鼓を、松の根元で打っているのは、まだ十歳になったかどうかという少女であった。

少女の前の地面に、笊《ざる》と鉢が置かれている。

その少女の横に立って、これは、五十歳を越えているかと見える男が、口上をのべている。

若い男が、綱の上で技を披露《ひろう》するたびに、

「次は矢車」

「ただいまのは、蜻蛉返りにござりました」

などと、見物人に説明をしているのである。

「さて、次は、唐《とう》、天竺《てんじく》、本朝と、三国合わせましてもこの夏焼太夫《なつやぎたゆう》にしかできぬ大技《おおわざ》にて、蜻蛉合わせにござります」

五十歳余りの男が言った時、綱の上で男が静止して、一緒に、少女が打っていた鼓の音が止んだ。

「哈《はっ》！」

と、男が声をあげ、左足から、軽く鞠を浮かせた。

てん！

と、ひときわ強く鼓の音が響き、男はその鞠を、
ぽーん、
と、これまでの倍ほども高く蹴りあげ、綱の上で蜻蛉返りをした。

右足で、綱の上に立ち、そして男は、落ちてきた鞠を、左足の上で静止させた。

次の瞬間、見物人が、

「あっ」

と声をあげたのは、男の身体《からだ》が、ぐらりと大きく横へ傾いたからである。

たれもが、

〝落ちた〟

と、そう思った時、男の身体は、綱の下にぶら下がっていた。

なんと、男は、右足の親指と人差し指の間に綱を挟《はさ》んで、自分の身体の重さを支えていたのである。

左足の甲の上の鞠も、落ちていない。

足の爪先《つまさき》と脛《すね》との間に、鞠を挟んでいるからであった。

今、一瞬、男が綱から落ちたと見えたのは、男の技であり、わざとやったのだと、ようやく見物人もわかったらしい。

鼓を打っている少女も、五十歳ほどの男も、顔色を毛ほども変えずに平然としていることからも、それとわかる。

大きな歓声があがった。

置いてあった笊《ざる》に、干し魚や、菜《な》が投げ込まれた。

鉢の中に、ぱらぱらと米を入れてゆく者もいる。

その鉢の中に、からん、と固いものが投げ込まれる音がした。

宋銭《そうせん》であった。

口上を言っていた男が、その宋銭の飛んできた方向へ顔を向けた。

そこへ立っていたのは、蘆屋《あしや》道満と、そして光の君であった。

三

蜘舞《くもまい》をやっていた呪師《のろんじ》は、夏焼太夫《なつやぎたゆう》といった。

口上をのべていた男が虫麻呂《むしまろ》、鼓を打っていた少女が、青虫《あおむし》である。

その三人と、蘆屋《あしや》道満《どうまん》、光《ひかる》の君《きみ》が対面しているのは、鴨川の土手の上だ。

陽差《ひざ》しを避けて、土手に生えた大きな柳の樹の下で、五人は立ったまま、話をしているのである。

「なるほど……」

と言ったのは、夏焼太夫である。

「他ならぬ、道満様のお頼みとあっては、断るわけにはまいりませぬな。しかし……」

と、夏焼太夫は、光の君の方へ視線を送った。

「こちらの御方も、その場にはいらっしゃるのでござりましょう?」

「うむ」

と道満がうなずく。

「しかしながら、それは、我らが秘儀に関わることにござりますれば、めったな方にはお見せできませぬ……」

　そう言ったのは、口上を口にしていた、虫麻呂である。

「そのお姿から、たいそうな御身分の御方とは察《さっ》しがつきまするが、いったいどのような御方にござりまするか――」

「先の賀茂祭《かものまつり》で、新斎院《しんさいいん》の勅使《ちょくし》に立たれた源氏《げんじ》の大将殿《だいしょうどの》じゃ……」

「おう、こちらが、あの――」

　虫麻呂は、半歩退《さ》がって、光の君をあらためて見やった。

「詳しくは話せぬが、頼みの儀、この大将殿に関わりのあることでな――」

　道満が言った。

「しかし、今度《こたび》の儀、たいへんにあやうきものなれば、事をわからぬ者がその場にあるだけでしくじることにもなりかねませぬ」

　夏焼太夫は、挑《いど》むような眼で、光の君を睨《にら》んだ。

「安心せよ、この男、見えるのじゃ」

「見える?」

「宿《しゅく》の神が見えるのじゃ。我らの眷属《けんぞく》よ。案《あん》ずるにおよばぬ」

「夏焼太夫よ、道満様が、だいじょうぶと言うておられるのだ。ここは、道満様を信ずればよいではないか――」

　虫麻呂がとりなした。

「笛を――」

　道満が言った。

　光の君は、黙って、懐から錦《にしき》の布に包まれたものを取り出し、結んであった紐《ひも》を解《ほど》いた。

　中から出てきたのは、龍笛《りゆうてき》であった。

　竹でできた横笛である。

　歌口の他に、七つの指穴があり、桜の樹皮を細く裂いて巻きつけ、それへ、漆《うるし》を塗ったものだ。

　歌口に近いところに、赤い、雨滴《うてき》のような模様《もよう》がふたつ、入っている。

「みごとな笛じゃ……」

　溜《た》め息と共に、虫麻呂が言った。

「それを聴かせよ――」

　道満が言った。

「はい……」

　光の君は、川の方へ身体を向け、陽光に光る川面《かわも》を眺めてから、歌口へ紅《あか》い唇をあて、眼を閉じた。

ふいに、滑《なめ》らかな、光を放つものが、龍笛から滑り出てきた。

「ほう……」

と、夏焼太夫は声をあげた。

まるで、その音色が色として見えるような音であった。

雅楽として奏される時は、地の響きと言われる篳篥《ひちりき》の音《ね》にからみ、天からの光である笙《しょう》の音《ね》と共に泳ぐのが、この龍笛である。

龍が天に昇る時にあげる鳴き声が、この龍笛であると言われている。龍笛の名は、そこから来ている。

微風に乗って、その音色が川面に流れ、天地の間に広がってゆく。

光の君の周囲で、柳の枝が揺れている。

すでに、光の君は、その自然《じねん》の現象の中へ入ってしまっているようであった。

と――

光の君の足元から、ふわりと人の頭ほどの大きさの泡のようなものが浮きあがってきた。

ひとつではない。

あるものは、人の握り拳《こぶし》ほどの大きさで、あるものは、小石の如《ごと》くに小さい。

ふわり、
ふわり、

と、その泡の如きものは、次から次へと浮きあがり、宙に浮き、そこで互いに触れあえば、一体となってより大きな泡となり、その泡がまた別の泡と重なって、さらに大きな泡となってゆく。

春の霞《かすみ》よりも朧《おぼろ》で、つい眼《め》をそらせば、次の瞬間には見失ってしまいそうなほど微《かす》かなものであったが、道満、虫麻呂、夏焼太夫、青虫には、それが見えているようであった。

それと同じものが、垂れた柳の枝の葉のひとつずつから、霧のように出てきているのがわかる。

葉先についた、針の先ほどの小さな滴《しずく》のようなもの——

それが、枝から離れ、霧のように光の君の周囲に浮いた。

もとより、常人に見えるものではない。

和《ふくら》——

責《せめ》——

光の君の息が、自在に音を紡《つむ》ぎ出してゆく。

「なんと……」

夏焼太夫が、声をあげた。

「きれい……」

青虫が、細い声で言った。

やがて、光の君は吹くのをやめ、唇から龍笛を放して眼を開いた。

宙に浮いた泡が、ひとつ、またひとつと、小さくなり、大気に溶けるように消えてゆく。

光の君は、それを眼で追っているようであった。

明らかに、それが見えているのである。

「見えるのだな――」

夏焼太夫が言った。

「幼少の頃より……」

光の君は答えた。

「あのようなもの――宿《しゅく》の神があるのだということを、幼き頃より聴かされている我らの中でも、見ゆる者はわずかであるというのに……」

虫麻呂は、讃美《さんび》するような眼で、光の君を見つめている。

「これでよかろう」

道満は笑って、

「で、それとは別に、ひとつ、訊《たず》ねたきことがある――」

そう言った。

「なんじゃ?」

問うたのは虫麻呂である。

「太秦寺《うずまさでら》のことだが……」

「それがどうした」

「あそこに、摩多羅神《またらじん》が祀《まつ》られておるな――」

「ああ、言うまでもないことじゃ」

「摩多羅神は、言うなれば仏の裏の神じゃ。叡山《えいざん》の常行堂《じょうぎょうどう》の後戸《うしろど》の神が、この摩多羅神じゃ……」

「わかりきったことを。いったい何を言いたいのじゃ――」

「太秦寺の、裏の神について、耳にしたことはないか？」

道満は、そう言って、妖《あや》しく笑った。

「太秦寺の裏の神じゃと？」

「真《しん》の神と言うてもよい。秦氏《はたし》が、この国に持ち込んだ、異国《とつくに》の神にして、これまで、隠し続けてきた神のことじゃ」

「耳にしたことはある……」

そう言ったのは、夏焼太夫であった。

「しかし、それが、どういう神であるかは、わからぬ。たれも知らぬ……」

「本当に、たれも知らぬのか？」

「――」

「たれかは、知っていよう……」

「太秦寺の座主《ざす》あたりなれば、知っているやもしれぬ——」

「それを、ぬしらでさぐってくれぬか？」

「我らが!?」

夏焼太夫が言った。

「ぬしらの裏の顔、このわしが知らぬと思うかよ……」

「——」

「この道満が頼みじゃ——」

「わかりもうした。さぐってみましょう。しかし、異国《とつくに》の神に触れるのは、あやういことのあるやもしれませぬ」

「であろうな」

「あそこの祝《はふり》には、裏の顔がござりまする故——」

「そのようだな」

「あやういと思うたら、すぐに手を引かせてもらいまするぞ」

「むろんじゃ」

道満は、一度、二度、顎《あご》を引いてうなずいた。

巻ノ六　あわわの辻

一

あわわの辻《つじ》、というのがある。

二条大路《にじようおおじ》と大宮大路《おおみやおおじ》が交差《こうさ》した辻だ。

大内裏《だいだいり》の南東の角、神泉苑《しんせんえん》の北東の角、冷泉院《れいぜいいん》の南西の角、木工町の北西の角によって挟《はさ》まれた場所である。

そのあわわの辻に、道満《どうまん》と光《ひかる》の君《きみ》は立っていた。

夜更《よふ》け——

月は、すでに西の空にあった。

青い月光が、辻に差し、ふたりの濃い影を地面に落としている。

「じきに、やつらもやってこよう……」

道満がつぶやく。

やつら——というのは、夏焼太夫《なつやぎたゆう》、虫麻呂《むしまろ》、青虫《あおむし》たちのことである。

「大将殿よ……」

道満は言った。

「はい」

「今夜、出会うものは、これまで出会うたものとは、多少違う……」

「どのように?」

「剣呑《けんのん》じゃ」

「剣呑?」

「くれぐれも、怯《おび》えを見せるでないぞ」

「見せるとどうなります?」

「人の怯えを餌《かて》として、それを啖《くら》って育つ——」

「啖う?」

「こちらが怯えれば怯えるほど、剣呑なものに変じてゆくということだ」

「——」

「こちらが、それに襲われるのではないかと考えたら、それは、襲ってくる」

「はい」

「こちらが、何も思わずとも、勝手に襲うてくることもある——」

「襲うてきますか……」

光の君は、微笑した。

「何故《なにゆえ》、笑う？」

「笑いましたか？」

「ああ、笑った」

「では、笑ったのでしょう」

「何故じゃ」

道満は、もう一度、同じ問いを口にした。

「楽しそうだと、思ったからです」

光の君はそう言って、また微笑した。

「楽しいか――」

「はい。百鬼が夜行《やぎょう》するというのを、かねがねこの眼で見てみたいと思うておりました――」

「悦《よろこ》んでいるようじゃな」

「このあわわの辻、前々より百鬼夜行があるとの噂《うわさ》にございます。その昔、藤原兼家《ふじわらのかねいえ》様の御父君《おんちちぎみ》、藤原師輔《もろすけ》公が、この地で百鬼夜行に出会われたとうかがっております。師輔公、そのおり、『尊勝陀羅尼《そんしょうだらに》』を懸命に唱えられて、この難を逃がれたとか――」

「道と道が交わるところ、辻《つじ》は、古来よりこの現世《うつしよ》とあの世の境目じゃ。人であれ、ものであれ、神であれ、そこを行き来できるものは限られている……」

道満《どうまん》は、興味深そうに、光《ひかる》の君《きみ》を眺めている。

「このあわわの辻のいわれを知っておるか?」

道満は訊《き》いた。

「いいえ」

「この〝あわわ〟は、文字にすれば〝粟々《あはあは》〟と書く。粟田《あわた》氏の粟じゃ――」

「粟田氏と言えば、八坂《やさか》氏と結んだ古い家ではございませぬか――」

「左様。八坂の神は素戔嗚《スサノオ》にして牛頭天王《ごずてんのう》――牛頭天王の好みたる食が粟じゃ――」

「牛の首をした神にござりますね」

「また、あわわは、〝鴨波〟とも書く。〝鴨《かも》〟は賀茂《かも》氏のことであり、〝波〟は、〝波多《はた》〟のことであり、〝波多〟は〝秦氏《はたし》〟のことじゃ。賀茂氏と秦氏が結んで、祀《まつ》る神を分けたという話は、すでにしたであろう――」

「はい」

「すなわち〝あは〟とは、賀茂と秦ふたつの一族の縁《えにし》が結ばれた地のことよ。それが、ここじゃ――」

「ここ?」

「いや、正しくは、少し違う」

「どう違うのです?」

「この近く、ほれそこの冷泉院《れいぜいいん》の池の中にある島に祀られている石神《いわがみ》のことは知っていよう――」

「はい」

光の君はうなずいた。

冷泉院の池の中島に、火神を祀るものとして、その石神――六尺に余る巨大な石が置かれているのは、光の君も知っている。

「実のところは、その石神の前で、賀茂と秦は結んだのじゃ」

「なれば、この地で結んだと言うてもよいのではありませぬか――」

「いいや、実は、その石神、もともとは冷泉院にあったのではない」

「どこにあったのです?」

「五条堀川にあった、さる方《かた》の屋敷の庭よ――」

「思い出しました。善宰相《ぜんさいしょう》、三善清行《みよしのきよつら》様のお屋敷ですね」

「そうじゃ」

三善清行――

漢学者である。

二十七歳で文章生《もんじょうせい》となり、その翌年には文章得業生《とくごうせい》となっている。

官吏の試験を受けたが、一度、これに落ちている。その時の試験官が菅原道真《すがわらのみちざね》であった。

学者でありながら、陰陽《おんみよう》の道にも深く通じ、この世のものならぬものを見ることができた。その八男が、浄蔵上人《じようぞうしようにん》である。

「賀茂と秦が結んだそのいわくの石のある場所に住んだのが、三善清行じゃ――」

「はい」

「その屋敷に、化物が出るということでな、この化物を、清行が追い払ってそこに住むようになったのよ」

身の丈《たけ》一尺ほどの武者が、四、五十人、馬に乗って屋敷の中を駆けたり、牙《きば》を生やした女が、塗籠《ぬりごめ》の戸を引きあけて出てきたが、清行、これを平然と眺めて動じない。

「様々な化物を追い払った末、最後に残ったのが、浅黄色《あさぎ》の上下《かみしも》をつけた翁《おきな》じゃ。この翁、何であったと思う?」

「件《くだん》の石の精でございましょうか」

「そうじゃ、その石《いし》の宿《しゆく》の神じゃ」

「ふうん――」

「石《いし》は石。石《しやく》は、宿《しゆく》のことでな、石神《しやくじん》すなわち宿神《しゆくじん》よ――」

「その宿神が、翁《おきな》の姿をしていたということにございましょう」

「うむ」

「ということは、清行様が、その翁、大石を冷泉院に移されたということでしょうか――」

「そういうことだな」

道満はうなずき、

「その浅黄色の上下をつけた翁だが、石と共に神移《かみうつり》して、冷泉院でも一度捕えられている」

そう言った。

夏の頃——

冷泉院の西の対《たい》の縁《えん》に人が寝ていると、顔を撫《な》でてゆくものがいる。これが、身の丈三尺ばかりの、浅黄色の上下を身につけた翁である。この翁、顔を撫でられた者が、眠ったふりをして眺めていると、顔を撫でたその後に、庭へ降りて、池の汀《みぎわ》まで行って、そこで姿を消す。

そういう不思議のことがしばらく続いて、ついにこの翁が捕えられた。

捕えられて、縄をかけられたこの浅黄色の上下をつけた翁は、

「ああ、水が欲し——」

このように言ったらしい。

家の者が、椀《わん》に入れた水を持ってゆくと、それをたちまちに乾《ほ》して、

「もっとじゃ」

と言う。

それではと、手桶《ておけ》に入れていった水も、これもあっという間に乾して、

「もっと、もっとじゃ、もっと水を――」

そう言うので、盥《たらい》にたっぷり水を張ったものの前にこの翁を連れてゆくと、嬉《うれ》しそうに、

「おう、水じゃ水じゃ」

そう言って、縄を掛《か》けられたまま、水の中にざぶりと飛び込んでいた。

その瞬間、翁の姿は水に溶けて見えなくなり、かわりに、翁の着ていた浅黄色の上下と、翁をいましめていた縄が、盥の水に浮いているばかりであったという。

「不思議のことにござりますな――」

「この石神のあるゆえ、この辻がただの辻とは違うのじゃ。百鬼が騒いでここを夜行するのも、石神を祀《まつ》っているのじゃな……」

「神が、神を祀りするということでござりまするか――」

光の君がつぶやいた時、

「おう、来たぞ……」

道満が、西の方へ眼をやって、そう言った。

光の君が、そちらへ眼を転ずると、果たして、西の方角から、二条大路《にじょうおおじ》をこちらへ向かって歩いてくる三つの影があった。

虫麻呂《むしまろ》、夏焼太夫《なつやきたゆう》、青虫《あおむし》の三人であった。

「お待たせいたしました、ちと、準備がございましたものでな……」

虫麻呂が、ちらりと、青虫の方を見やった。

それを見て、光の君は、

「ほう……」

と、やや高い声をあげた。

青虫――少女の顔、小袖《こそで》から見えている細い腕、そして、足までが、夜目にもわかるほど赤くなっていたからである。

「丹《に》を塗ってまいりました」

夏焼太夫が言った。

月光の中で、その少女の眼《め》だけが青く光っている。

「そろそろ、天一神《なかがみ》が、西渡《にしわた》りする刻限にございます。始めまするかな」

虫麻呂が言った。

「うむ」

と、道満が答えると、夏焼太夫が、

「青虫、やるぞ――」

そう言った。

青虫が、無言で、着ていた小袖をはらりと足元に脱ぎ捨てた。

全裸になった。
「む——」
と、光の君が、その青虫の姿に視線を吸い寄せられたのにも理由がある。
顔や腕、足だけでなく、小さくふくらみかけた乳や、腹、尻《しり》、股間《こかん》までが、赤く丹で塗られていたからである。
「耳の穴、鼻の穴、尻の穴——陰玉《ほと》の穴まで塗ってござりまするよ……」
虫麻呂が、光の君を見やりながら、低い声で、
ひ、
ひ、
ひ、
と、嗤《わら》った。

二

二条大路《にじょうおおじ》と大宮大路《おおみやおおじ》が交差するところ——
あわわの辻《つじ》の中心に、全裸の青虫《あおむし》が胡座《こざ》している。
青虫は、両手を合わせ、眼を閉じている。

髪と眼以外、全てに丹《に》が塗られ、全身が赤い。それが、月光を浴びて、濃い紫色に見えている。

その周囲を、蘆屋道満《あしやどうまん》が、ゆるりゆるりと足を踏みながら回っている。

左足を踏み出し、次に右足を出して、左足の先を踏み、次に左足を出して右足の横に置く。

禹歩《うほ》である。

古代中国夏《か》王朝の最初の王が、禹王《うおう》である。

この禹王が、地を鎮《しず》め、治水して大地を安らかにした時にもちいた歩法が、禹歩である。

疫病を避ける時、また、禍蟲《まがむし》が寄るのを避ける時に、この禹歩が行なわれる。

或《あ》るいは禹歩して直日玉女を呼び、或いは閉気して力士を思い、千斤の金鎚を操り、百二十人を以《もっ》て自衛す。

と、仙道書『抱朴子《ほうぼくし》』にある。

前挙左、

右過左、

左就右、

次挙右、
左過右、
右就左、
次挙左、
右過左、
左就右、
この如《ごと》くに禹歩すれば、二丈一尺の長さにわたって、九つの足跡が、大地に刻《しる》されることとなる。
「反閇《へんばい》じゃ」
と、虫麻呂《むしまろ》が、光《ひかる》の君《きみ》の耳元で囁《ささや》いた。
陰陽師《おんみようじ》が、この禹歩を反閇の名で呼ぶ。
道満は、禹歩しながら、小さく口の中で、ぶつぶつと何やらの呪《しゆ》を唱えている。
足を踏むたびに、左右の手のひらが、ひらりひらりと翻《ひるがえ》って、ある時は上に向き、ある時は下に向く。
この間、夏焼太夫《なつやぎたゆう》は、地に座して、鼓を打っている。
ちょうど、道満が、地に足を踏み下ろすのに合わせて、鼓が鳴る。
三度回って、道満は動くのを止めた。

「用意じゃ……」

道満がつぶやくと、夏焼太夫、虫麻呂が、道満が禹歩して造った結界の中に入った。

「ぬしもじゃ」

道満にうながされ、光の君は、道満とともに結界の中に入った。

道満、夏焼太夫、虫麻呂、そして光の君は、青虫を囲むようにして、東に向いて立った。

中天に、月が昇っている。

五人の影が、濃く地面に落ちている。

「笛じゃ」

道満が言った。

三

縹緲《ひょうびょう》と、笛の音が、風の中を渡ってゆく。

月光の中で、きらきらとその風が光っているように見えるのは、笛の音がそうさせているのであろうか。

のん、

てん、

と、鼓の音が響く。

光《ひかる》の君《きみ》が笛を吹き、夏焼太夫《なつやぎたゆう》が鼓を叩《たた》く。

その音に合わせて、地を踏みながら、道満《どうまん》と虫麻呂《むしまろ》が舞っている。

しかし、それを、舞と呼んでよいものかどうか。

人でありながら、人でないもの——

たとえて言うなら、犬が、人のように二本の足で立ちあがり、ことさら人に似せて手足を動かしている——そのような、奇怪なる舞であった。

時に、ふたりは、手を地につき、犬のように地に鼻をこすりつける。

それが、しばらく前から続いているのである。

「来たようじゃ……」

舞いながら、道満が、低く囁《ささや》いた。

「続けよ。よしと言うまで、笛を止めるなよ……」

もとより、光の君に、それを止めるつもりはない。

自ら吹く笛も、夏焼太夫の鼓も、そして、道満と虫麻呂の舞も、心地よかったからである。

奇怪な舞、楽の音が、不思議な調和を見せている。

ふたりの、その舞の意味が、続けているうちに、朧《おぼろ》げながら、光の君にも見えてきたような気がしていたからだ。

美しい楽の音に呼び出され、ここにたちあらわれてきた奇怪なるもの——たとえば、現《うつし》世《よ》とあの世の間《はざま》に棲《す》みたる亡者かもののけ——そのようなものを、どうやら、道満と虫麻呂は踊りながら演じているようであった。

おもしろい……

彼らが何をやろうとしているのか、光の君は、ぞくぞくとしながら、笛を吹いていたのである。

そこへ、道満から声をかけられたのだ。

道満が、何のことを言っているのか、光の君にはわかっていた。

光の君にも、それが見えていたからである。

それは、淡い、光の雲のように見えた。

もやもやとした、青いような緑色をしたような、煙——

それが、二条大路の東の奥に、もやもやとたちこめているのが見えたのである。

地を這《は》うような低い場所を、そのもやが、動いてくるのである。

こちらへ向かって——

そのもやの中で、何やら様々なものが、蠢《うごめ》いているようであった。

それが、近づいてくる。

そして、笛と鼓の音に合わせ、
ぽーん……
ぽーん……
ぽーん……
という音も、近づいてくるではないか。
近づいてくるにつれて、見えた。
ぽーん、
と、音がするたびに、きらきらしたものが、もやの中に上って、落ちてゆく。
落ちてゆくと、また、
ぽーん、
と音がして、もやの中にそのきらきら光るものが上ってくるのである。
それが落ちて、また、
ぽーん、
と、それが上ってくる。
それと一緒に、
「オウ……」
「ヤカ……」

「アリ……」

という音が聞こえてくる。

鞠《まり》だ。

たれかが、鞠を蹴《け》っているのである。

いつか、聴いたような声だ。

五年前――

河原院《かわらのいん》であったか。

「秋園《しゅうえん》、春楊花《しゅんようか》、夏安林《げあんりん》じゃ……」

道満が言った。

「鞠の性《しょう》じゃ――」

道満は、囁いた。

それで、光の君は思い出していた。

たれであったか、その昔、願をかける者があって、毎日、千日の間、一日も休まず鞠をあげ続けたというのである。この間一度も鞠を落とさなかった。

満願の晩、鞠を祀《まつ》って読経していると、そこへ不思議な猿の如き童子が三人出現して、
自分たちは、

「鞠の精である」

そのように言ったというのである。

それぞれ、前に下がった髪をのけると、額に、

「秋園」

「春楊花」

「夏安林」

と書かれていた。

それぞれ、秋園がオウ、春楊花がヤカ、夏安林がアリ——三人の名が、鞠を蹴る時の掛け声に対応していたというのである。

そのことを考えていると、道満の鋭い視線が、自分を見つめていることに、光の君は気がついた。

笛を吹き続けよという眸《め》であった。

光の君は、笛を吹き続けた。

やがて——

見えた。

近づいてくるもやの先頭に、何やら、小さな白いものが動いている。

白い水干《すいかん》を着た、猿ほどの大きさの童子であった。

その童子が、ひとつの鞠を蹴りあっているのである。

「ヤカ」

「アリ」

「オウ」

白い水干を着た、三人の、猿のような童子たち。

続いてもやの中に見えてきたのは、おそろしげなものたちであった。

二本足で立って歩く狐《きつね》。

人のように、小袖《こそで》着たる狸《たぬき》。

ひとつ目の入道。

一本足で、跳ねながら歩く、火桶《ひおけ》。

翼生やしたる猫。

人の首したる百足《むかで》。

人の首の耳の穴から、舌の如きものを出して這うカタツムリ。

動く戸板。

尻ふたつある猪《いのしし》。

乳房九つある裸の女。

「みええ……」

「みええ……」

赤子の声で泣く、鹿。

欠けた壺《つぼ》に手足生やしたるもの。

顔の後ろに顔ある女。

夥《おびただ》しい鬼の群。

その百鬼の群の中央に、輿《こし》を担《かつ》ぐものがあった。

それは、犬ほどもある巨大な蟇《ひき》であった。

そして、その輿の上に乗り、胡座《こざ》しているものがいた。

それは、一歳になるやならずやという全裸の赤子であった。

その、鬼の群が、あわわの辻《つじ》に入ってきて、光の君たちの前で止まった。

先頭で鞠を蹴っていた小さな童子たちも、鞠を蹴るのをやめていた。童子たちのひとりが、鞠を抱えている。金糸銀糸の縫《ぬ》いとりのある鞠だ。蹴りあげられて、もやの中できらきらと光っていたのは、その金と銀の色であったのだろう。

道満と虫麻呂は、すでに舞うのをやめていた。

夏焼太夫も、鼓を打つのをやめ、光の君もまた笛をやめた。

青虫《あおむし》だけが、地に胡座したまま、合掌してまだ眼を閉じている。

小袖を着た狸が、二本足で歩いてくると、何かに触れたように、そこで立ち止まった。

道満が、さきほど禹歩《うほ》して結界を張ったその境目あたりである。

「ややや、ここに何やらいがいがしたものがあって、これ以上ゆけぬ……」

「どれどれ」

と、二本足で立った狐がやってきて、同じように狸の横で足を止めた。

「たしかにたしかに。このいがいがするものが邪魔で、これ以上ゆけぬわ」

その狐の後ろに大入道が立って、

「たれじゃ、我らが主《あるじ》の道をふさぐものは？」

上から結界の中を覗《のぞ》き込んできた。

「赤き女童《めのわらわ》がひとり、男が三人、奇妙な爺《じじ》いがひとりじゃ」

大入道が言うと、

「おや、その爺い、どこぞで見たことがあるわい」

狐が言った。

「おう、たしかにどこぞで見たことがあるわなあ――」

狸が言う。

「こやつ、いつであったか、冥界《めいかい》にまでやってきて、おおいに我らを騒がせていったあの爺いじゃ」

「おう、たしかに――」

頭の前と後ろに顔のある女が、ふたつの口で交互に言う。

「蘆屋《あしや》道満ではないか――」

と、大入道が言うと、

「おう、そうじゃ」

「道満じゃ」

「なれば、喰《く》うてしまえ」

「めだまをすすってやればよい」

「骨も残さず喰うてやろう」

口々に、鬼どもが言う。

「しかし、これ以上先へゆけぬ」

「うむ、ゆけぬ」

鬼たちが、ひしひしと集まってきた。

それを、にたりにたりと笑いながら道満が眺めている。

「道満じゃと……」

という声が、鬼たちの背後から響いた。

輿の上に座した赤子が、妙に大人びた声で言ったのである。

蟇たちが、輿を地に置くと、

「どうれ」

と、裸の赤子が立ちあがり、輿を降りた。
鬼の群が、左右に割れた。
そこを、おぼつかない足どりで、赤子が歩いてくる。
やっと歩きはじめた幼児の如く、いまにも倒れそうな歩き方だ。
素足《すあし》である。
むちむちとして、白い、ふっくらとした足が、冷たい地面を踏んでゆく。
結界の前まで歩いてくると、立ち止まり、手を伸ばした。
指先が、結界に触れて、青く光る。
「これか……」
大人びた声で言って、赤子は、後ろ向きに歩き出した。
禹歩の逆だ。
道満たちが踏んだ禹歩の手順を逆に踏んで、踵《かかと》から、結界の中に入ってきた。
夏焼太夫が息を呑《の》み、虫麻呂がごくりと唾《つば》を飲み込んだ。
「おう、さすがは、われらが主様じゃ――」
「よう結界をやぶられた――」
という声が、鬼の群の中からあがる。
くるりと回って、赤子が、顔を光の君たちの方へ向けた。

その顔が、優しく笑っていた。

眼が、切れるように細く、そして、唇が赤い。

笑ったその唇の中に、歯がない。

「おやあ……」

赤子が、大人びた口調で言った。

虫麻呂と、夏焼太夫の顔を下から覗き込む。

「震えておるな……」

むくり、
と、赤子がふくらんだ。

「ぬしら、この我に啖《くら》われるやもしれぬと思うておるな……」

赤子の、それまで歯のなかった歯茎に、白い、小さな、尖《とが》った歯が生え出した。

「我が、それほどおそろしいかえ――」

ぬうっ、
ぬうっ、
と、犬歯が長く伸び、むくり、むくりとさらに赤子の身体《からだ》が大きくなる。

「天一神《なかがみ》殿、笛は、お気にめされましたかな――」

そこへ、声をかけたのは、道満であった。

「おう、道満。人にしてありながら、我らの世と現世《うつしよ》を行き来する禍人《まがびと》よ……」

「お久しぶりにござります」

「今日は、逃げられぬぞ、道満」

「逃げは、いたしませぬ」

「ほう」

「逃げるつもりなれば、このような刻限に、あなた様が通るのを承知で、かような場所でお待ちしたりはいたしませぬ」

「ふふん……」

と、赤子は、道満をさぐるように見やった。

「わけのわからぬことを口にして、我らをたぶらかすは、ぬしのやりそうなことじゃ……」

赤子は、ゆっくりと、視線を光の君に転じた。

「こちらの若いのは、何やら高貴の血の匂いがするが……」

「今しがた、笛にてあなた様をおなぐさめ申しあげたものにござりまするよ」

「ほう、あの笛はそなたであったかえ――」

赤子――天一神は言った。

「はい」

と、光の君はうなずいた。

「不可解……」

天一神は言った。

「何がでござりまするかな、天一神殿？」

問うたのは、道満である。

「こやつ、我《われ》を怖《こわ》がっておらぬ」

天一神は、光の君を見つめ、

「悦《よろこ》んでおるようじゃ」

そう言った。

「はい。嬉《うれ》しゅうござります」

光の君は、天一神を見やって微笑した。

「そなたの笛は、心地よい。風のようでありながら、風でない。風の音《ね》もまた美しいものであるが、そなたの笛には、風にない別のものが宿っているようじゃ……」

「――――」

「そもそも、楽《がく》の音《ね》――音楽とはなんであるか――」

天一神は問うたが、光の君は答えない。

「はて、何でありましょう」

天一神の問いを、そのまま返した。

天一神が、自ら答えるつもりであるとわかったからだ。

「人はな、言葉では足らぬものがある――」

「はい」

「言葉に盛《も》れぬ心を、音楽に盛るのだ……」

「はい」

「よき言葉から、よき音から、蜜《みつ》や乳の如くに、旨《うま》きものは湧いてくる……」

「楽《がく》の音《ね》は、秘された神にござりますれば――」

光の君は言った。

「ほう……」

「秘された神――神秘の余韻《よいん》が、楽《がく》の音《ね》でござりましょうか」

「ひとつ、問おう」

「なんなりと――」

「今しがた、そなたが奏《かな》でた楽の音は、今はどこにある。どこへ消えたのじゃ」

「いいえ、消えてはおりませぬ」

「なに!?」

「帰ったのでござります」

「帰った？　どこへじゃ」

「神のもとへ。どのような楽《がく》の音《ね》であれ、この現世《うつしよ》で奏《そう》された全ての楽の音は、いずれもみな、神に帰ってゆくのでござります」

「我らは、そなたたちより、神と呼ばれておる。今、そなたの言うた神は、我らの眷属《けんぞく》の神か？」

「――」

「我らは、もともとは、この天地と齢《よわい》を同じくするものじゃ。かたちなく、名前なく、もののともののあわいに、あはあはと浮いていたものじゃ。それが、古来、いつの頃からか、ぬしらが我らを拝《おが》むようになって、我らは名を持つようになり、ぬしらが我らを畏《おそ》れれば、畏れられるようなものとなり、ぬしらが望むようなものとなって、この天地の間に動くものとなったのじゃ。拝む者、ぬしらが、この天地の間より消えれば、我らもまた消えてゆく……」

「では、あなた様もまた、楽《がく》の音《ね》、笛の音《ね》の如きものにござりましょう……」

「ほう」

「わたしには、今わたしの口にした神と、あなたがたのような神とを、どのように分けたらよいのか、見当もつきませぬ。しかし、我ら人も、そして、この世に生ずる、あるいは生じたすべての生命《もの》とは、そのようなものにござりましょう――」

「おもしろし」

天一神は言った。

天一神は、道満に向きなおり、

「道満よ、この男、おもしろし。笛の音に免《めん》じて、ぬしのたくらみに乗ってやろうよ。何が望みじゃ……」

そう言った。

「この男の妻が、何やら得体の知れぬものに憑《とりつ》かれております。その正体が、わかりませぬ」

「ぬしがいても駄目か、道満」

「はい」

「どうすればよい」

「御案内申しあげまする故、この男の妻の中に入って、憑いたのがいかなる神《もの》であるのか、それを探っていただきたいのでござります――」

「いずれにしろ、それが我らが眷属《けんぞく》なれば、難《むずか》しいことではない。どうすればよい。我には、我の決まりたる道がある。今夜は、すでにその道が決められておる。その道は、はずされぬ――」

「承知しております」

「どうするのじゃ」

「乗り物を用意してござります」

「乗り物？」

「そこな、女にござります。そこな女に移《うつ》っていただければ、違う道も御案内できましょう……」

「ほう」

と、天一神は青虫《あおむし》を見た。

青虫は、今、自分の周囲で何が起こっているのか、知ってか、知らずか、胡座《こざ》したまま合掌し、眼を閉じている。

「よろしい、では、案内《あない》せよ、道満――」

赤ん坊の姿の天一神が、たどたどしい足取りで、青虫に向かって歩いた。

青虫にぶつかるかと思ったその時、天一神は、そのまま青虫の中に歩み入《い》って、姿を消していた。

「では、ゆこうかの……」

道満がつぶやくと、ゆらりと青虫が立ちあがっていた。

巻ノ七　大酒神

一

道満《どうまん》の唱える呪《しゅ》の声が、低く響いている。

葵《あおい》の上《うえ》が、夜着の下で、仰向けになって眠っている。そのすぐ横に、全身を赤く塗られた青虫《あおむし》が全裸で横たわっている。

燈台《とうだい》に点《とも》された灯火が、そのふたりの上に妖《あや》しく揺れている。

それを、道満の右側に座して、光《ひかる》の君《きみ》は見つめているのである。

少し離れて、夏焼太夫《なつやぎたゆう》と虫麻呂《むしまろ》が座している。

時おり、葵の上の身体《からだ》がびくりと動く。すると、青虫の身体が、びくりと動く。葵の上の左腕が動けば、すぐに、続いて青虫の左腕が動く。ふたりの身体は、どうやら連動しているようであった。

葵の上の身体の中で、何かが起こっているらしい。

葵の上が、小さく呻《うめ》くと、青虫も小さく呻く。時には、同時に呻いたりもする。

やがて、道満が、呪を唱えるのをやめた。

葵の上に掛けられた夜着の上に、ぽっかりと、赤子《あかご》の頭が浮きあがってきた。水中から水面に浮かびあがってくるように、顔が出た。両手を、夜着の表面に突き、腰を持ちあげ、右足、左足と順に持ちあげて、赤子——天一神《なかがみ》はそこに立った。葵の上が掛けている夜着の上である。

ひと足、ふた足で、天一神は、葵の上から降りてきて、道満と光の君を見やった。

「どうでござりましたかな」

道満が問うた。

「わからぬ……」

天一神は言った。

「何もおりませんでしたか……」

「おらぬ……と言えば、たれもおらぬ。が、どこか、妙じゃ——」

「妙とは?」

「きれいすぎるということか。それは、道満よ、ぬしが、徹底《てってい》してものを落としたからであろうが、それにしても……」

「それにしても?」

「塵《ちり》や、埃《ほこり》、汚れが何もない家というものがあろうか——」

「まず、ござりませぬでしょうな」

「この女、家なれば、そういう家じゃ。それが妙ということじゃな」

「ははあ——」

「これは、我でなく、もっと別のものに問うた方がよいであろう」

「別のもの？」

「とぼけぬでよい。すでに、おまえも気がついておるはずじゃ。太秦寺《たいしんじ》よ。あそこの大酒《おおさけ》の神に、このこと訊《たず》ねてみるがよい——」

「太秦寺、つまり、広隆寺《こうりゅうじ》——」

「秦《はた》の神じゃ。ぬしならわかっていよう」

「摩多羅神《またらじん》でござりまするな」

「そういうことじゃ」

「それは、すでに考えております」

「仏にしろ、摩多羅神にしろ、もともとは異国の神。しかし、どこの神であるにしろ、もともとは、その土地その土地の宿《しゅく》の神じゃ。それが、それを拝《おが》む者たちによって、様々な名をつけられ、それぞれの有様《ありよう》となっていったもの——」

「はい」

「あそこには、この土地で、最も古い宿《しゅく》の神と最も新しき宿の神が祀《まつ》られておる。ぬしから聴かされた謎々《なぞなぞ》も、その異国の神なれば、何か、わかることのあるやもしれぬ……」

「――」

「いよいよとなったら……」

「いよいよとなったら？」

「そこの若いのに、六十六番のものまねさせればよいではないか――」

天一神は、光の君を見やった。

「六十六番のものまね？」

光の君は問うた。

「そこの男、秦道満に訊《き》け――」

「――」

「もしも、六十六番のものまねすることあらば、我もゆこう。見物させてもらうぞ。これは楽しみなことじゃ――」

天一神は笑った。

「では、道満よ、またそこの娘に入る故、我を辻《つじ》へもどせ――」

「承知」

「役に立てなんだな」

「いえ、あなた様から見ても、何もおらぬという、それがわかっただけでも、充分なことでござりまするよ」

「では、ゆく――」

そう言って、天一神は、一歩を踏み出し、青虫の中へ入っていったのであった。

二

その日――

光《ひかる》の君《きみ》を訪ねてきたのは、頭中将《とうのちゅうじょう》であった。

やってくるなり、頭中将は、まず人払いをさせて、光の君とふたりきりになった。

「妹のぐあいはどうじゃ」

さっそく、頭中将が問うてきた。

「あいかわらずじゃ。ようなってはおらぬ」

光の君は、小さく首を左右に振った。

「道摩《どうま》法師《ほうし》殿は、どうじゃ。あの男でもどうにもならぬのか」

「今、色々と試しているところで」

「その色々だがな……」

頭中将が、光の君に顔を寄せて、声を潜めた。

「どうした」

「道摩法師殿のことじゃ」

「道摩法師殿が、どうしたと？」

「色々の噂《うわさ》がある」

「ほう……」

「その噂というのが、あまり、よろしくない――」

「それは、承知のことじゃ――」

「いや、ぬしが承知でも、それがなかなか――」

「なかなか、どうなのだ」

「どうやら、それが、主上《おかみ》の耳にも届いているらしい」

「届いていると、どうなのだ」

「主上《おかみ》も、あまり、快《こころよ》うは思うておらぬようじゃ」

「何故、そのようなことがわかる？」

「そう、口にされておられるらしい」

「直接、おまえに、主上《おかみ》がそう言われたと？」

「そうではない」

「たれが、言われたのじゃ」

「右大臣藤原物言《ふじわらのものこと》様よ」

「物言様が!?」

「おまえと道摩法師殿が、広隆寺《こうりゆうじ》のことで、あれこれ動きまわっているらしいと、それを主上《おかみ》はどこぞで耳にされたようじゃ。それが、どうも、御不快であるらしい――」

「そう、主上《おかみ》が、物言様に言われたということか――」

「そうじゃ」

頭中将はうなずき、

「それで、おれは、物言様より、おまえにひと言《こと》言うておくように言われたというわけなのだ」

「わが妻のこと、放っておくようにと?」

「いいや、ただ、道満《どうまん》殿とあまり近しくせぬようにとのことであった」

「広隆寺のことでも、大人しくしておれと?」

「うむ」

「それは、主上《おかみ》自身、あるいは物言様自身のお考えということか?」

「どういうことじゃ」

「たれか、主上《おかみ》か物言様に、そのことふき込んだものがあるということではないのか?」

「はて――」

「主上《おかみ》が、いったいどうして、我が妻のことで、おれが、道摩法師殿と動いているということをお知りになられたのじゃ。たれか、言うた者があるということであろう」

「それはそうだが……」

「わからぬのか？」

「ああ、わからぬ」

「ふうん……」

「何かあるのか、そのことで？」

「はて、あるのか、ないのか、実のところ、おれにもようわからぬのさ」

「道摩法師殿も、わかってはおらぬと？」

「道摩法師殿は、少なくとも、このおれよりは、深いところまで見えておいでじゃ。しかし、細かいところまで話してはくれぬ故、おれも、立ち入ったところまではわからぬ。しかし……」

「しかし？」

「なかなか、おもしろい」

「おもしろい？」

「我が妻の生命に関わることながら、道満殿も、道満殿がこのおれを導いていってくれる場所も、おもしろいということじゃ――」

「なに⁉」

「二日前の晩だがな、理由《わけ》あって、道満殿とあわわの辻《つじ》へ足を運んだのだが……」

「どうしたのだ」

「奇妙なものに出会うた」

「なんだ?」

「ぬしと、同じようなことを、このおれに言うてきた――」

「なんじゃと!?」

三

天一神《なかがみ》をあわわの辻《つじ》へ送ったその帰り――

「お気をつけ下されや――」

そう言ったのは、虫麻呂《むしまろ》であった。

「なんじゃ」

と、道満《どうまん》は足を止めた。

光《ひかる》の君《きみ》も、一緒に足を止める。

青虫《あおむし》、夏焼太夫《なつやぎたゆう》もそこに立ち止まった。

「太秦寺《うずまさでら》のこと、少しあたってみましたが、なかなか難《むつか》しゅうござりまするな」

「と言うと?」

「なかなか、知っていそうな者が、まず、おりませぬ。人によっては、あれは、触《さわ》るなと申します」

「その者は、何か知っているのか?」

「いえ。何か詳《くわ》しいことを知っている様子ではござりません。ただ――」

「ただ?」

「あれは、祟《たた》り神じゃ。触《ふ》れぬ神は何もせぬ――じゃから、触れるでないと、いずれもそれのみを言うばかりで――」

「ほう」

「あれに触れて、どうやら焼かれて死んだ者もおるらしいので――」

「焼かれて?」

「それが、どういうことなのか、その者もよくはわかっておらぬ様子で――」

「ふうん……」

「もう少し、調べてみましょう。三日ほどあれば、また、違うこともお話しできるやもしれませぬ故――」

そう言って、虫麻呂、夏焼太夫、青虫は去って行ったのである。

去り際――

「たいしたものじゃ、天一神を相手に、あれだけの口が利《き》けるとはな――」

夏焼太夫が、光の君に言った。

「どうやら、青虫も、ぬしにはまんざらでもない様子じゃ。これから、いつでも我らが必要な時には、声をかけてくれ。我らは、役に立つぞ……」

夏焼太夫は、そう言って、背を向けた。

青虫は、その間、よく光る眸《め》で、ずっと光の君を見つめていたのである。

「あれらは、実は何者でござりますか?」

虫麻呂たちの姿が見えなくなったところで、光の君は道満に訊《たず》ねた。

「盗人《ぬすびと》じゃ――」

道満は言った。

「ぬしには、まだ言わなんだが、きゃつらの本当の技は、蜘舞《くもまい》などではない。裏の顔は――いや、本当の顔は盗人《ぬすびと》よ……」

「盗人でしたか――」

「欲しいものがあれば、きゃつらに言えばよい。どのようなお宝であれ、女であれ、盗み出してきてくれる。しかし、気をつけよ。ぬしは、きゃつらに気に入られたらしいが、下手を打つと、尻《しり》の穴の毛まで抜かれるぞ――」

そう言って、道満は、ゆるゆると歩き出したのである。

そして――

ちょうど、朱雀門《すざくもん》のあたりにさしかかった時、門の前の土の上――月光の中に黒いものがうずくまっていたのである。

道満と、光の君は、それに気づいていた。

二間半ほど手前で、ふたりは足を止めていた。

ふた呼吸ほどの間を置いて、

「たれじゃ――」

道満が問うた。

「ぬしらに、忠告に来たものじゃ――」

その黒い影は言った。

人が、そこに、膝《ひざ》を抱えてうずくまっているように見える。

顔を伏せているらしく、眼がどこにあるかわからない。

その影は、こちらを見てしゃべっているのかどうか。いや、顔がそもそもあるのかどうかもわからない。

ただ、声が聴《き》こえる。

「忠告?」

「女のことで、色々動きまわっているのはよいが、触れずともよいものに触れることはないぞ……」

　影が言う。

　もののけが、そこに、黒くわだかまっているように見える。

　人らしいが、それが、人の大きさの巨大なる蝦蟇《がま》であってもおかしくない。

「触れずともよいものとは？」

「訊《き》くな、道満、ぬしなら、わかるはずじゃ……」

「ほう、わしの名を知っているか？」

「煮ても焼いても喰《く》えぬ奴じゃ。天一神でさえ、ぬしをくらわぬ――」

「ふん」

　道満が、足を踏み出す。

「顔を見せよ」

　と――

　道満が足を踏み出した分だけ、その黒い影が退《さ》がる。

「逃げるか――」

　道満が、一歩をまた踏み出すと、
　つうう、
　っと、その黒い影が、立ちあがりもせず、足を動かしたようにも見えず、退がってゆく。

その速度があがって、やがて、それは、夜の闇にまぎれて見えなくなってしまったのである。

「たれでござりましょう?」

光の君が訊いた。

「我らが動くと、困るやつらがおるということじゃな」

「道満殿ならわかるであろうと、今の影は言うておりましたが……」

「さあて――」

「まさか、ここで、おやめになるつもりではござりませぬでしょう」

「むろんじゃ」

そう言って、

「やめて欲しゅうないということか――」

道満が問うた。

「はい」

「女が心配だからか――」

「それもあります」

「あとは?」

「言いませぬ」

「何故じゃ」

「口にするのが、おそろしい――」

「ほう」

「人の道を、踏みはずしそうで……」

そうつぶやいて、光の君は、月光の中に白い歯を見せて笑ったのであった。

巻ノ八　蟲

一

たれかが、泣いているのである。

光《ひかる》の君《きみ》を抱きしめて、泣いているのである。

抱いているその腕《かいな》の力が、心地よい。優しい力であった。その力に自分は包まれているのである。

ひどく優しく、はかなげで、哀しい力であった。

よい匂いもした。

伽羅《きやら》の匂いであろうか。

どのような薫物《たきもの》を焚《た》き込んでいるのであろうか。いや、それとも、これは自分を抱いているひとの匂いそのものなのであろうか。

その力は、深い海のようでもあった。

波のように繰り返しているのは、何であろうか。

深く、静かな鼓動——

ああ、これは、このひとの心の臓の脈打つ音なのだ。
その音が、深い眠りの淵《ふち》に誘《いざな》ってゆく。
愛《いと》しき方よ……
と、その人が囁《ささや》く。
わたしは、もう、そなたを守ってさしあげられぬ……
母は、そなたを残して、遠いところへゆかねばならぬ……
と、そのひとは哭《な》いているのである。
どこかへ行ってしまうのか。
このひとは、自分を残してどこかへ行ってしまうのか。
この温かい力が、去ってしまうのか。
そんなことのあろうはずはない。
愛しき方よ、そなたは、稀《まれ》なお方じゃ……
その人が言う。
稀故《まれゆえ》に、そなたは、ただ独りじゃ……
たれが、独りであるそなたを、なぐさめられようか……
たれが、そなたの稀《まれ》をわかってくれようか……
そなたの孤独はいやされぬ……

そなたは、それ故に、常に満たされぬ……
満たされぬが故に、ひもじい……
そのひもじさは、たれにもわからぬであろう……
ああ、できることなら、死にたくない……
死にたくない……
そなたが死ぬまでを見とって、そのあとでこのわたしは死にたいのだ……
世の親の本当にほんとうの心を言えば、子より先に死にたいわけがない……
その子が死ぬまで、その子を守ってやりたいと思わぬ親があるであろうか……
ましてや、そなたは、稀《まれ》じゃ……
特別じゃ……
それ故そなたは、生涯孤独であろう……
そなたには、もう、あれが見えていよう……
見えてはいるが、それが何であるかはわかるまい……
ああ、哀れな……
人よりものが見えるというのは、必ずしもよきことではない……
それを想うことの、なんという哀しさであろうか……
この温かいのは、このひとの涙であろうか。

何故、このように、このひとは泣くのであろうか。

かぎりとて別《わか》るゝ道のかなしきにいかまほしきは命なりけり

その歌を耳にして、そして、光の君は目醒《ざ》めたのであった。

光の君は、自分の頬《ほお》が、温かいもので濡《ぬ》れているのを知った。

また、あの夢を見ていたらしい。

時おり見る夢だ。

夢の中で、自分を抱きながら、泣いている女の夢だ。

光の君は、起きあがった。

すでに、庭に、朝の陽《ひ》が差していた。

二

五条にある光《ひかる》の君《きみ》の屋敷に、夏焼太夫《なつやぎたゆう》がやってきて、

「助けていただけませぬか――」

そう言ったのは、あわわの辻《つじ》のことがあってから三日後の昼のことであった。

わずか、三日しかたっていないというのに、夏焼太夫は頬がこけて別人のようになっていた。

やってきた夏焼太夫に、

「何ぞわかったか？」

道満《どうまん》が問うたが、

「いや、まだ……」

夏焼太夫は、首を小さく左右に振り、助けてほしいという言葉を口にしたのである。

光の君と、道満は、簀子《すのこ》の上に座している。

そのすぐ前の庭に、夏焼太夫は立っているのである。

ふたりを見あげる夏焼太夫の顔が、やつれている。

「なんぞ、あったかよ——」

道満が訊《たず》ねた。

「あった」

「何があったのじゃ」

「虫麻呂《むしまろ》が、おかしなことになっている……」

「おかしなこと？」

「虫じゃ」

「虫?」

「虫にたかられて、困っている」

「なに!?」

「普通の虫ではない。ただごとでない数の虫じゃ……」

「ほう」

「気がついたのは、二日前じゃ」

夏焼太夫は語った。

二日前、東市《ひがしのいち》の、市姫《いちひめ》の社の前で、蜘舞《くもまい》をやっていたのだという。

その時に、それが起こったというのである。

三

夏焼太夫《なつやぎたゆう》が、綱《つな》の上でとんぼうを打って、再び綱の上に立った時、左の耳元で、
ぶーん、
という音を聴いた。
初めて耳にする音ではない。
何の音かはわかっている。

ぶんぶんが、飛ぶ時にたてる羽音である。飛んでいたぶんぶんが、左耳の近くを横ぎったのである。

ちらりと眼の隅に見たのは、金緑色に光る羽の色だ。

黄金虫《こがねむし》だ。

しかし、それを眼で追っている暇《ひま》はない。すぐに、下から、虫麻呂《むしまろ》が鞠《まり》を投げあげてくるはずだからだ。それを、綱の上で受けて、いったん高く蹴《け》りあげねばならない。技としては、それほど難しいものではないが、それは、意識を集中させていてのことだ。もしも、意識が別のことへ向いていたら、鞠を受けるどころか、綱の上からも落ちかねない。

だが、鞠は投げあげられてこなかった。

初めて、下へ眼をやると、虫麻呂の姿が眼に入った。

虫麻呂は、鞠を右手に抱え、妙な踊りをおどっていた。

不思議な足踏みをしながら、左手で、自分の身体《からだ》を叩《たた》いていたのである。いや、叩きながら、何かを払い落とそうとしているかのようであった。

黄金虫か――

夏焼太夫は、そう思った。

虫麻呂の周囲に、あの黄金虫の羽の色が光ったからである。だが、奇妙であったのは、その光るものが、ひとつではなかったことだ。

ふたつ、
みっつ、
よっつ……

もっとだ。

しかも、それだけではなかった。

虫麻呂の周囲には、他の虫も舞っていたのである。

他のぶんぶん。

蟬《せみ》。

それから、蜻蛉《とんぼ》や、蝶《ちょう》までが、虫麻呂の周囲を舞っているではないか。しかも、見ているうちにも、その虫の数が増えてゆく。

蚊、蛾《が》、蠅《はえ》、蜂——それらの虫が、数を増しながら、虫麻呂の身体にたかってゆくのである。とても、はらってはらえる量ではない。

下で、鼓《つづみ》を叩いていた青虫《あおむし》の手が止まって、

「こ、この虫め。何故、このわしに寄ってくるのじゃ……」

虫麻呂は、鞠を放り出して、両手で宙をはたいている。しかし、虫の数は、減ったようには見えない。

青虫も、鼓を置いて、虫麻呂に駆け寄っていた。

「青虫、これを払うてくれ——」

虫麻呂が言うが、青虫ひとりが増えたくらいでは、どうしようもないほどの虫の量であった。

蜘舞《くもまい》を見物していた者たちは、何事が起こったのかと、虫麻呂と青虫に注意を向けているが、一緒になって虫を払おうとする者はない。

夏焼太夫は、綱の上から跳び降り、ふたりに駆け寄った。

「おかしいぞ、これはただごとではない」

夏焼太夫は言った。

「この場から離れよう」

「うむ」

虫麻呂と、夏焼太夫は、駆け出した。

その後に、青虫が続く。

鴨川《かもがわ》の土手へあがって、下流に向かって駆けてゆく。

さすがに、ついてこられる虫はなかった。走りながら、身体についていた虫を払う。

ようやく足を止め、

「いったい何事じゃ!?」

虫麻呂は、額の汗をぬぐった。

「わからん。どういうことなのだ」

夏焼太夫が、あたりを見回した。

「いや、ぬしの蹴鞠《くもまい》を見ながら、そろそろ鞠を投げる頃あいかと、その呼吸をはかっていたら、顔のあたりに虫が飛んできたのじゃ。邪魔じゃから手で払うたが、次にまた別の虫が飛んできた。気がついたら、先ほどのような有様《ありさま》となっていたのだ――」

言っている間に、また、ぶうんと羽音がする。

黄金虫であった。

それが、虫麻呂の肩にたかる。

それを払っているあいだに、また、
むーん、
と、今度は、蜂が飛んできた。

「むう」

気がついたら、周囲に虫が群れていて、次第にその数を増してゆく。

「何じゃ、これは……」

虫麻呂は唸《うな》った。

四

「今日で三日目じゃ。さすがにたまらず、こうして、やってきたというわけじゃ」

夏焼太夫《なつやぎたゆう》は言った。

「たれぞが、いずれかで、悪しき呪法《ずほう》で、我らに禍事《まがごと》をなしているのかもしれぬ」

「覚えがあるのか」

道満《どうまん》が問えば、

「ありすぎて、見当もつかぬ」

夏焼太夫は、唇の一方の端を吊《つ》りあげた。

「であろうな」

「呪法《ずほう》であるならと、それを返《かえ》してやろうと多少のことは試みたのだが、埒《らち》があかぬ」

「で、おれのところへ来たか」

「そうじゃ。恨みの筋は、多すぎてどれかわからぬが、しかし、ただひとつ、思いあたることがある」

「太秦寺《たいしんじ》だな……」

「そうじゃ。あそこで祀《まつ》られている神の正体について、あれこれ探ったことが、向こうの気に障《さわ》ったのかもしれぬ」

「ありそうなことじゃ」

「来てくれるか」

「うむ、ゆこう」

そう言って、道満は立ちあがった。

立ちあがった道満、光《ひかる》の君《きみ》を見下ろして、

「そなたはどうする？」

そう問うた。

「ゆきましょう」

光の君はうなずいて、立ちあがった。

五

六条大路《ろくじょうおおじ》を、光《ひかる》の君《きみ》は、西へ向かって歩いている。

共に歩いているのは、道満《どうまん》である。

少し先を、夏焼太夫《なつやぎたゆう》がゆく。

すでに、西の京に入っている。

崩れた築地塀《ついじべい》のある屋敷や、荒れるにまかせた屋敷が、目立つようになった。

夏の陽差しの中で、蟬が鳴いている。

「蟬の声は、どうじゃ……」

ふいに、道満が声をかけてきた。

「どうとは?」

「蟬の音《こえ》を、ぬしはどう聴くのじゃと訊《き》いておる——」

「蟬の音《こえ》……」

「蟬は、六年、七年と土の中で暮らし、ようやっと地上へ出たら、あのように鳴き暮らして、七日か十日で死んでゆく。その間に、ああやって鳴き、番《つが》い、子を産んで、死に、その死骸《しがい》は蟻《あり》にひかれてゆく……」

「それが、どうかいたしましたか?」

「哀れとは思わぬか」

「はて、どうでしょう」

光の君は、聴こえている蟬の声に耳を傾けるように、わずかに沈黙し、

「哀れと思わねばなりませぬか?」

そう言った。

「思わねばならぬということはない。しかし、所詮《しょせん》は、人というものもまた、あの蟬のよ

うなものであろう――」

「ええ――」

「その蝉をあわれと思わぬということは、人についてもまた哀れとは思わぬということじゃ。ぬしには、そういうところがある」

「確かに、わたしには、そういうところがありますね」

「うむ」

「別のところでも、そのように言われたことがあります」

「たれにじゃ」

「しばらく前に行った、六条の御方《おんかた》に――」

「なるほど――」

「いけませんか？」

「よいさ。決まっておるではないか。ぬしが、そう生まれついているのなら、それでよい。蝉が蝉のように生まれついている、それを、ならぬというのは、蝉に蝉であることをやめよというようなものじゃ」

「わたしは蝉ですか」

「蝉さ。ぬしも、おれもな……」

道満がそこまで言った時、先を歩いていた夏焼太夫が足を止めた。

築地塀の壊れた、破《や》れ寺の前であった。

「こちらで——」

夏焼太夫は、塀の壊れているところから中に入っていった。

道満と、光の君が、続いてそこから入ってゆく。

腰まで伸びた、草の中であった。

光の君は、むっとする草いきれの中に立っていた。

すぐ向こうに、屋根の崩れた堂が見えている。

草を分けながら、その堂の方に向かってゆく。

すぐに、堂の正面に出た。

眼の前に、半分崩れた階段《きざはし》があって、堂の周囲を囲んだ濡れ縁へとそれが続いている。

腐りかけた階段《きざはし》を踏んで、夏焼太夫が濡《ぬ》れ縁の上に立った。

次に道満が、そして、最後に光の君が、濡れ縁の上に立った。

立って、驚いたのは、その濡れ縁の上に、おそろしいほどの数の虫がいたことであった。

蟻、黄金虫、蜂、きりぎりす、蠅、それらの虫がびっしりとたかって、板が見えないほどだ。

土の壁にも、虫が同様にたかっている。百足《むかで》が、その中に混じってぞろりぞろり歩き、さらに蜘蛛《くも》が這《は》っている光景は、異様であった。

空中には、飛ぶことのできる虫が、五月蠅《うるさ》いほどに舞っている。ぶうむ、ぶうむ、と大きな羽音をたてて舞っているのは、かぶとむしや、くわがたむしである。

大小の蟇《ひきがえる》。

青大将、やまかがし、蝮《まむし》などの蛇も、その虫の群れの中で這っている。

それを見つめ、

「おう……」

と、道満は、舌なめずりをしそうな声をあげた。

堂の中へ入ってゆくと、床と言わず、壁と言わず、天井と言わず、それらの虫でびっしりと埋め尽くされ、その中に、青虫《あおむし》がいた。

四本の竹を床に立て、その上に板を載せ、その板の上に青虫が立っているのである。

そこで、寄ってくる虫を、笹《ささ》の枝で払っているのである。

蛇は、竹を登ってはくるものの、そこで頭上を板で塞《ふさ》がれて、板の上までは這い上ることはできない。

しかし、梁《はり》から、時おり、ぼたりと蛇が落ちてくる。

その蛇を、青虫が笹で床に払い落とす。

青虫の足先に、小山があった。

虫でできた小山だ。ちょうど、人が横たわった大きさであり、その上にびっしりと虫がたかって蠢《うごめ》いているのである。

蟲《むし》たちの放つ臭気で、顔を叩《たた》かれたような気分になる。しかし、顔をそむけても、臭いは変わらない。

「ほっほっほ……」

道満は、嗤《わら》った。

「たまらぬな、これは――」

赤い舌を、へろりと出して、唇を舐《な》めた。

「これはまた奇態……」

道満の横で、光の君はつぶやいたのだが、その口元に、微《かす》かな笑みが点《とも》っているのは、常と同じである。

光の君の纏《まと》った白い狩衣《かりぎぬ》にも、飛んできた虫が、三っつ、四っつとたかっているが、光の君は、それを夜露ほどにも気にとめてない様子である。

ただ、眼の前の光景に、心を奪われているらしい。

「青虫、虫麻呂《むしまろ》、道満様をお連れした」

夏焼太夫が言うと、

「おう……」

青虫の足元の、虫の小山の内側から声がして、虫の小山がむくりと起きあがった。

「道満様、これがなんとかなりませぬか……」

虫の塊りの中から、虫麻呂の声が響く。

「さて……」

道満は首を傾《かし》げてから、

「ぬしは、これを何と見る？」

光の君に問うた。

光の君は、堂の内部と、虫の塊りの周囲にしばらく眼をこらし、少しの間を置いてから、

「見えませぬが……」

そう言った。

「うむ、見えぬな」

道満が言う。

「よからぬ神が憑《つ》いたのでもなく、たれかの呪法《ずほう》によるものでもないのではござりませぬか――」

ふたりが見えぬと言っているのは、もののけのことである。

あやしきものが、虫麻呂に憑いているようには見えない。

「ぬしもそう見るか」

「はい」

道満は、虫の塊りの方へ眼をやり、

「聴いたか、虫麻呂よ」

そう言った。

「確かに――」

「では、そこから出《い》でて、走るぞ――」

「いずくまで?」

「大堰《おおい》川《がわ》までじゃ」

「承知」

声がして、虫の小山が立ちあがった。

そのてっぺんから、虫麻呂の顔が出てきた。

「では、言うていた通りじゃ、用意せよ――」

道満が言うと、夏焼太夫が外へ出た。

それほど時間をかけずに、夏焼太夫は、両腕に、ひと抱えほどの草を持ってもどってきた。

その草の中から、煙があがっている。

外で、火を点《つ》けてきたらしい。

燻《いぶ》されて、煙をあげている草を、夏焼太夫は床に放りなげた。

もうもうと煙が堂内を満たしてゆくと、その煙を避けて、虫が散ってゆく。

そして、虫麻呂は、虫を脱ぎ捨てて、板の上に立った。

「苦しゅうござった——」

息を吐き、たちまち寄ってくる虫を避けるように口元を袖《そで》でふさいで、息を吸い込んだ。

虫麻呂の足元に脱ぎ捨てられていたのは、二重に重ねた麻《あさ》の袋であった。

布に群れた虫の上に、虫麻呂は飛び下りていた。

六

「ふう……」

と、虫麻呂《むしまろ》が、安堵《あんど》の息を洩《も》らしたのは、大堰川《おおいがわ》の土手の草の上であった。

もう、虫は寄ってきてはいない。

大きな柳の古木の下だ。

頭上で、蟬が鳴いている。

柳の下が、影になっていて、川が近くにあるためか、風が涼しく感じられる。

「生き返った心地にござりまするな」

虫麻呂は、濡《ぬ》れた髪を、右手で撫《な》でつけながら言った。

全裸であった。

まだ、顔や、肩や、胸や背が濡れている。

大堰川まで走ってくるなり、虫麻呂は川の中に飛び込み、水中で着ているものを脱ぎ捨て、水で全身を洗った。

川底の泥で身体をこすり、蟻などが入らぬよう耳の穴を塞《ふさ》いでいた土をこそぎ落とした。

そして今、ようやく、川の中からあがってきたところであった。

「虫寄せじゃな……」

道満《どうまん》はつぶやいた。

「虫寄せ？」

光《ひかる》の君《きみ》が言う。

「虫が寄ってくるものを、身体にかけられるか、塗りつけられるかしたのであろう――」

「虫が、寄ってくるもの？」

「虫はな、互いに臭いを出して、呼び合《お》うている。その臭いは、人にはわからぬが、臭いとしか言いようのないものじゃ――」

「――」

「ふだんは、同じ虫どうしにしか効かぬ臭いなのだが、どの虫でも呼び寄せることのできる薬水《やくすい》を作る技《わざ》がある。それだな……」

「しかし、虫に限らず、蟇《ひき》や蛇までもが集まっておりましたが――」

「百足《むかで》や蟇は、集まってきた虫たちを喰《く》おうとしてのこと。蛇が集まってきたは、虫を喰うために寄ってきた蟇を喰うためであろう――」

「なるほど――」

光の君はうなずいた。

「しかし、いつ、どこでそれをかけられるか塗られるかしたのか？」

夏焼太夫《なつやぎたゆう》は言った。

「覚えは？」

道満に問われて、

「ある……」

虫麻呂は、大きな魔羅《まら》を、股間《こかん》に揺らしながら言った。

「いつじゃ」

夏焼太夫が言う。

「ぬしが、綱の上にあがった時じゃ。おれが背に、ぶつかってきた者があった……」

「ほう」

「振り返れば、七十ばかりの爺《じじ》いでな――」

虫麻呂は語った。

襤褸《ぼろ》の小袖《こそで》を着た老爺《ろうや》がそこに立っていて、

「ぶつかってきたはこなたの方ではないか。気をつけなされや――」

そのように言った。

なに!?

と思ったが、客であり、これから夏焼太夫の蜘舞《くもまい》が始まる時でもあった。

「それはすまぬ」

虫麻呂が言うと、

「気をつけなされや、くれぐれも、くれぐれも、な……」

その老爺は、意味ありげに笑って、そう言ったというのである。

「あの時、着ているものに、その薬水を塗られたか、掛《か》けられたか――」

虫麻呂は、記憶をたぐり寄せるようにして言った。

「それじゃの――」

道満は言った。

「やはり……」

虫麻呂は、裸のまま、唾《つば》を吐き捨て、

「しかし、何故?」

唇を右の拳《こぶし》でぬぐった。

「太秦寺《たいしんじ》……!?」

光の君が言った。

「であろうな」

道満がうなずいた。

「確かか!?」

これは、夏焼太夫である。

「ぶつかってきたはこなたの方ではないか——というのは、ぬしらが、色々とさぐりを入れていたことに対するものであろう」

「では、くれぐれも気をつけよというのはつまり……」

「これ以上続けると、もっと危ない目にあうぞという脅しであろう」

「そういうことか——」

虫麻呂が、納得したように、小さく二度ほど顎《あご》を引いた。

「よい。わしがゆこう」

「道満様が?」

「はじめから、そうするべきであったな。直接わしが訊《き》く方が、話が早かろう——」

どうじゃ、というように、道満は光の君を見た。

今、葵《あおい》の上《うえ》の容態《ようだい》は、安定している。

その周囲には、道満が施《ほどこ》した結界が張ってあり、それより内側へは、めったな神も邪鬼も入ることはできない。

夜になると、結界の外の暗がりに、怪しい気配を持つものや、もののけのような影が動くのを見ることはできるが、そこまでだ。

葵の上は、ただ眠り続けている。

それで、今日、光の君も、葵の上の世話を、惟光《これみつ》と女房たちに頼んで、出かけてきたのである。

しかし、眠り続けたまま、葵の上が痩《や》せ衰《おとろ》えてゆくという事実に変わりはない。葵の上の中にいるものは、まだ、出ていってはいないのである。

「わたしも、お供させていただけましょうか——」

光の君は言った。

「それは、都合がよい。わしだけがゆくより、源氏《げんじ》の御大将がゆくというのであれば、むこうも断れまいよ、なあ……」

言い終えて、
く、
く、
く、

と、道満は嗤《わら》った。

巻ノ九　太秦寺

一

天井に近い場所に、格子窓《こうし》があって、そこから、斜めに陽が差し込んでくる。

その光が、ちょうど、その像の顔から上半身に当たっている。

金色に光る、美しい肢体をした像であった。

左脚の股《もも》の上に、右足をかけ、半跏趺坐《はんかふざ》している弥勒菩薩《みろくぼさつ》像である。右肘《ひじ》を右膝《ひざ》の上にのせ、右手の薬指と親指の先を合わせて輪を作り、軽く伸ばした中指を、右頬に触れるか触れぬかというところでとめている。

太秦寺《たいしんじ》——蜂岡寺《はちおかでら》の絵堂《えどう》の中であった。

薬師如来《やくしにょらい》、阿弥陀如来《あみだにょらい》や、明王《みょうおう》像などが他にも安置されているが、この菩薩像の周囲だけ、特別な空気が漂っているようであった。

人の持つ血の温度や、肉の香り、そういったものが、この像からは、きれいさっぱりと抜け落ちてしまっているのである。どのような仏像であれ、それを彫った者の意志や、願い、そのようなものが多かれ少なかれ、その肢体の裡《うち》に残るものなのだが、それがない。

まるで、虚空《こくう》に、この弥勒菩薩というものが、純粋な観念的存在として浮いているようであった。

光の君《ひかるきみ》は、その前に立って、光の中に座しているその像を見つめていた。

光の君の口元に常に浮いている笑みと、この像の口元に浮いているあるかなしかの笑みは、どこか、似ていた。

もしも、この菩薩が、生身の肉や血や骨をもってこの世に現われるとしたら、この光の君のような肢体と表情をもって、人の世に立つであろうと思われた。

光の君の横には、蘆屋道満《あしやどうまん》が立っている。

そして、その道満の横に立っているのが、黒い僧衣を纏《まと》った、蜂岡寺の座主《ざす》である忍海《にんかい》であった。

絵堂の中にいるのは、この三人だけで、他に人はいない。

忍海が、人払いをして、

「我らが出てゆくまで、たれも、この中に入って来るでないぞ——」

そう言ったからである。

「いかがでござりますかな——」

忍海は、光の君に声をかけてきた。

「まことに美しい……」

溜《た》め息と共に、光の君はつぶやいた。

「しかし……」

と口にして、そして、光の君は口をつぐんだ。

「どうなされました？」

忍海が問うてきた。

「いや、この御方が、人であれば、どのような方かと思うたのです」

「人？」

「ええ」

史的に見れば、仏陀釈迦牟尼《ブッダしやかむに》は、人である。名を、ゴータマ・シッダールタと言い、釈迦族の王の家に生まれた王子であった人間である。この人間が、覚《さと》りを開いて仏陀――つまり仏となったのだが、たとえ、仏になろうと、仏陀釈迦牟尼が人であるということにかわりはない。

それに対して、菩薩《ぼさつ》というのは、仏陀となる前の存在に対しての呼称《こしよう》である。ゴータマ・シッダールタは、つまり覚って仏陀となる前は、菩薩であったということになる。

つまり、菩薩という存在もまた、人なのである。

しかし――

仏陀釈迦牟尼は人であるが、大日如来《だいにちにょらい》という仏――あるいは存在は、人ではない。

この宇宙を統《す》べる根本原理に、大日如来という名を与えられたものであり、大日如来が生身の人間であったという史的な事実もなければ、伝説的な話が残っているわけでもない。すなわち、大日如来は、哲学的な存在なのである。

そういう意味で、弥勒菩薩もまた、哲学的存在と言っていい。

その弥勒菩薩は、仏陀釈迦牟尼入滅《にゆうめつ》後、五十六億七千万年後の未来にこの世に現われて、衆生《しゆじよう》を救済するとされている。それまでの間、この菩薩が修行しているのが、兜率天《とそつてん》と言われる場所である。

何故、五十六億七千万年後なのか。

これには、弥勒菩薩の兜率天での寿命と、兜率天での時間の単位が関係してくる。

弥勒菩薩の兜率天での寿命が四千年。

兜率天での一日が、地上の四百年にあたる。

これを計算すれば、四百年を三百六十倍したものに、四千をかけねばならない。

すると、これが五億七千六百万年となる。

これが、伝えられるうちに「五七六」でなく、きりのいい「五六七」となって、さらに五十六億七千万年ということになったのである。

いずれにしても、気の遠くなるような時間といってよい。ほぼ無限と同じである。

当然ながら、光の君は、この時間のことを知識として知っている。

この菩薩が、その無限に近い時間の中にある存在であることを知った上で、光の君は、今、言葉を発しているのである。

「この方が、果たして心を動かされるようなことがあるであろうかと、そのように考えたのです――」

「ほう」

「たとえば、もしも、この方が、花を御覧《ごらん》になったとして、それを美しいと思われることがあるのでしょうか……」

「――」

「花は、散るからこそ、美しい。生命あるものは、死ぬからこそ愛《いと》しいのではございませぬか。それを、美しいと思い、愛しいと思うことができるのは、人だからであり、人自身が、生まれ、老い、死んでゆくものであるからこそ、花を愛《め》でることができるのではござりませぬか――」

ほっほっほ、
と、嗤《わら》ったのは、道満であった。

「ぬしが言うと、その花という言葉が、女人と聴こえるがなあ――」

「聴こえますか」

「うむ、聴こえる」

ふたりの会話を聴いて、

「おふたりの話、うかがっていると、何やら法話のようにも聴こえてまいりますな」

忍海は言った。

にこやかな老爺《ろうや》であった。

常に、しゃべっている時でも、口をつぐんでいる時でも、眼を細めて微笑している。

「源氏《げんじ》の大将《だいしょう》が、これを御覧になりたいというお話であったので、本日こうして絵堂を開きましたが、かような話が聴けるとは、思うてもおりませなんだ――」

光の君が、先の帝《みかど》の子であることは、周知のことだ。

この国の王の子である。

その光の君が、寺に安置されている仏の像を見たいと言えば、それがどの寺であれ、断るわけにはいかない。

忍海の言葉に、

「ふふん……」

と道満は薄く笑って、

「かような面《つら》をしている者は、花を見ても、人の餓死した屍体《したい》を見ても、このようにそのまま顔色を変えぬものさ。なあ――」

光の君を見やった。

言外に、光の君に対して、おまえの貌《かお》とこの仏の貌は似ているぞと、道満はそう言いたげな表情であった。

「しかし、わたしには、人は救えませぬ……」

「たれも救えぬよ。たとえ、仏であろうと――」

道満は、忍海を見やり、

「それが、異国《とつくに》の神であろうとな……」

そう言った。

忍海は、笑みを絶《た》やさず、

「異国の神でございますか……」

道満の言葉を繰り返した。

道満は、弥勒仏に視線を移し、

「夏四月《なつうづき》の庚午《かのえうま》の朔《さくつち》 己卯《のとうのひ》に、厩戸豊聰耳皇子《うまやとのとよとみみのみこ》を立てて、皇太子《ひつぎのみこ》とす……」

そうつぶやいた。

『日本書紀』巻第二十二、豊御食炊屋姫《とよみけかしきやひめのすめらみこと》 天皇――推古天皇《すいこてんのう》の条にある一節である。

厩戸豊聰耳皇子――後の世に聖徳太子《しょうとくたいし》と呼ばれることになる人物を、この日に皇太子としたということが、書かれている。

「それが、何か？」

「この像、この寺が建てられしおり、厩戸《うまやど》の皇子《みこ》から、秦河勝《はたのかわかつ》殿がたまわったものと聴いておるが――」

「何百年も昔のことにございます……」

「この寺の別名、太秦寺《うずまさでら》は、いったい、何故にそう呼ばれるようになったのかな」

「これは、その昔、秦酒公《はたのさけのきみ》が、税を納《おさ》めるおり、絹をうず高く積《つ》んだということでござりまして、それによって禹豆麻佐《うずまさ》の姓《かばね》を与えられたことから、それがこの地の名太秦《うずまさ》となり、それによってこの寺の名を太秦寺とも申すようになったということのようで――」

「寺内に、木嶋坐天照御魂《このしまにますあまてるみたま》を祀《まつ》る社《やしろ》がござりますな――」

「はい」

「そこに、元糺《もとただす》の池があって、そこに小さき島がござりますな」

「ござります」

「その島に、三柱《みはしら》の鳥居《とりい》がござりましたな」

「はい」

三柱の鳥居――三ッ鳥居ともいい、柱が三本で、それぞれに横木を渡したもので、三方向を同時に向く鳥居である。

これを真上から眺めれば、ちょうど三本の横木で作られた三角形と見える。

「珍らしき鳥居じゃ」

「その通りで――」

「この木嶋《このしま》の社《やしろ》の境外《けいがい》に、大酒《おおさけ》の社がございましたな」

「はい」

「この大酒、大避《おおさけ》とも書くそうな。そこに祀られるは、大きな石《いわ》にございましょう」

「はい」

「この地は、もともとは、賀茂《かも》の地。それを秦《はた》が譲《ゆず》り受けたもの――賀茂の一族が祀るのは、やはり石《いわ》にございましたな」

「そのように、わたしもうかごうております――」

「石《いわ》は、石《しゃく》にて、石神《しゃくじん》。石《しゃく》は宿《しゅく》にて、宿神《しゅくじん》。われらの操る式神《しきがみ》も、もとは式神《しきじん》であり、これも宿神に通ずるもの。宿神はこの日本国の最も古き神にございましょう」

「おもしろきお話にございます」

忍海は、まだ微笑を浮かべている。

「皇后《きさき》、懐妊開胎《みこあれま》さむとする日に、禁中《みやのうち》に巡行《おはしま》して、諸司《つかさつかさ》を監察《み》たまふ。馬官《うまのつかさ》に至りたまひて、乃《すなは》ち厩《うまや》の戸に當《あた》りて、勞《なや》みたまはずして忽《たちまち》に産《あ》れませり……」

道満は、また『日本書紀』の一節を口にした。

穴穂部間人皇女《あなほべのはしひとのひめみこ》が、その懐妊中、馬官の厩の戸に当って、そこで聖徳太子を産み落としたという意のことが記されている箇所であった。

「このことから、その時産まれた皇子《みこ》を、厩戸《うまやど》の皇子《みこ》と言うようになったということでございますが――」

「皆の知るところじゃ――」

　忍海は言った。

「この厩戸の皇子、新しき神、仏をこの国に広めるのに、たいへんに力を尽くされたお方じゃ」

「それもまた、皆の知るところでございましょう」

「それだけですかな？」

「は？」

「厩戸の皇子が、広めるのに力を貸した教えは、仏の教えのみでありましたかな？」

「――」

「景教《けいきょう》というのを御存知か？」

「はて――」

「異国《とつくに》の神の教えのことでござりまするな」

「ほう……」

「この神を拝むための寺が、唐《とう》の国にもござりますそうな」

「ほほう」

「その寺の名を、御存知か？」

「知りませぬな」

「太秦寺《たいしんじ》と申して、この太秦寺《うずまさでら》と同じ字を書くということでござりますな」

「それはそれは――」

まだ、忍海は笑みを浮かべているが、その笑みは、その口元に、張りついたようになって動かない。

「まさか、道満殿、この寺に、景教の神が祀られていると、そう申されておられるわけではござりませぬよなあ――」

「申しておりまするな」

道満の、黄色い眸《め》が光る。

「なんと――」

「秦一族、もともと、この景教を信心しており、秦河勝殿が、その神を信心する許しを、厩戸の皇子に求めたのではござりませぬか」

「まさか――」

「その景教の神の御子《みこ》、馬小屋で産まれたそうでござりますな」

景教、すなわちキリスト教のネストリウス派のことである。

「しかも、その神の御子を信心する者たちは、十字を拝むとか。何故ならば、その十字とその神の御子とは、同じものであるからと……」

　ここで道満は忍海を見やり、初めて、長い間をとった。

「はてさて、何と申してよいやら――」

「先ほど話をした、三柱の鳥居、これの意味は何でござりましょうか――」

「はて、何でしょう」

「ひとつは、この土地の古き神宿神のもの。もうひとつは、仏へ向けられたもの。今ひとつが、この景教のものにござりましょう――」

「おもしろうござりまするが、それだけのこと――」

「その三柱の鳥居、上から眺めれば、三角の形――これをふたつ合わせれば、✡――これは、景教の大本たる神を信心したる古《いにしえ》の王、陀毘泥《だびで》の紋――」

「いや、それは、我が日本国に、古きよりある籠目紋《かごめもん》にござりましょう」

「景教を信ずる者たちの昔の言葉で、ウズとは光のこと、マサとは賜物《たまもの》のことであるとか――」

「――」

「お忘れかね。我が名は秦道満。我もまた、秦《はた》の血をひくもの、であることを――」

　道満は、今、視線をそらさずに、楽しそうに忍海を見つめている。

「忍海殿よ、知りたるか?」

「何をでござります?」

「そもそも神々は、新しき国へ入《い》りたる時は、様々に名を変えて、その国の古き神と寄りそうて生きるということを――」

「――」

「高野《こうや》の地に、丹生《にゅう》の神、丹生都姫《にふつひめ》が祀られているは、空海和尚《くうかいおしょう》が、唐より招来したる新しき神大日如来に、古き神を寄りそわせるためじゃ――」

「――」

「この太秦《うずまさ》の地に、古き宿《しゅく》の神を祀って、大酒《おおさけ》の社を建てたるもこれに同じ――」

「む……」

「大酒の社に祀られたる神の本体は宿《しゅく》の神にして、これを名づけて、摩多羅神《またらじん》――」

「むむ……」

「大酒の社でとりおこなわれる牛祭りは、いつでござりましたかな――」

「むう……」

「この神、牛祭りの日に、牛に乗りて、身現《みあら》わしをされるのであろう」

「その通りじゃ……」

「帝釈天《たいしゃくてん》と言えば、仏法を守る神であるが、これも、もともとは天竺《てんじく》でいんどら、と呼ばれし神であったものじゃ――」

すでに、忍海の口元から、あの笑みは消えている。

「この太秦の地におわす神の本体は、この弥勒仏にして摩多羅神——賀茂の神を祀りつつ、実は景教の神を祀りたるのが、この寺じゃ……」

「何を証《あかし》に、そのようなことを——」

「証は、ここにあるではないか」

「ここ?」

「これじゃ——」

道満は、眼の前にある弥勒菩薩に、その黄色く光る眸《め》を向けた。

「何故、これが……」

その問には、すぐには道満は答えない。

再び、忍海に視線をもどし、

「この弥勒仏《みろくぶつ》もまた、あちらこちらの国をさまよいつつ、幾千年を経て、その名を変えてきたものじゃ——」

「む——」

「梵語《ぼんご》——天竺においては、まいとれいいやと呼ばれし神であった——」

「——」

「もっと古くは、さらに西の国で、みとらと、みすらと呼ばれし陽の神じゃ。あるいは、みいろと呼ばれ、これが仏と結ばれて、弥勒と呼ばれるようになったのだ。このみすらの神の贄《にえ》とされるのが牛よ」

道満の言葉に、忍海は、言葉を発することができなくなっていた。

「景教の古き民は、黄金の仔牛《こうし》を拝んだこともあったと、その経典の中に記されているそうな――」

「――――」

「みすらの神――、つまり、みとらの神が、この太秦《うずまさ》の地で摩多羅神《またらじん》となったのじゃ。摩多羅神は、つまり弥勒のことでもある。この太秦寺の隠し本尊、弥勒仏からこの牛に乗りたる神大威徳《だいいとく》明王とする話も、途中あったであろう。しかし、それをやめたのじゃ。何故なら、大威徳明王には、景教の神たる象徴《しるし》がなかったからよ。しかし、この弥勒仏にはそれがあった……」

「ぐむ……」

と、低く、忍海が声をあげた。

「厩戸の皇子は、ぬしらの景教を許したのじゃ。あくまで、この国の影の中《うち》に隠れて信心する分には、かまわぬとな。ぬしら――いや、我ら秦一族《はたいちぞく》の知恵と力が欲しかったからじゃ。それで、秦一族は、厩戸の皇子と共に、この国を建てた。そして、厩戸の皇子は、秦一族の新しき神を許すしるしとして、この弥勒仏をたまわれたのさ――」

道満は、嗤った。

「我らの神もまた、馬屋で生まれしものにござります——かようなことを言って、皇子をたぶらかしたのであろうよ。なあ、忍海殿……」

「そ、その象徴《しるし》とは……？」

「異国の神、景教の神は十字と言うたではないか——」

道満が言うと、忍海の顔色が変った。

「見よ」

道満は、弥勒仏を指差した。

ちょうど、左脚に右足をのせて、交差させたところだ。

「ここに、神の象徴《しるし》である十字があるではないか——」

道満が言った時、

「あっ」

と、忍海は声をあげていた。

忍海は、顔を両手で覆い、

「どうして、ぬしは、そこまで……」

「言うたぞ。我が名は秦道満であると。生まれは播磨《はりま》じゃが、同じ秦《はた》の血を引くもの、ものじゃ。これまで、このおれが何年生きたと思うておる。もともと、我らの神には興味があってな。

その間には、坂越《さこし》の大避《おおさけ》の社にも忍んで、古き巻子《かんす》を盗み見たりもしたさ。様々のところで、様々のことを知った……」
「ぬしの話したことの中には、我らの知らぬことまであった。それなのに、何故、まだ我らに用事があるのじゃ。言え。我らを脅すつもりか。望みは何じゃ。衣《きぬ》か、黄金《こがね》か。力か――」
「ふふん」
道満は、黄色い歯を見せて嗤った。
「くだらぬ。いずれもこの道満のいらぬものよ。捨ててきたものばかりじゃ……」
「で、では何だ」
「この道満にも、手に余ることがあってなあ。それで、手を借りに来たのさ――」
「な、何じゃ、それは!?」
「古き神のことなら、手を借りるその話の中で、ゆるゆると出てくるはずじゃ……」
道満がそこまで言った時、
く、
く、
く、
と、低い含み笑いが、頭上から降ってきた。

光の君が見あげると、頭上の梁《はり》の上に、黒い影の如きものがわだかまっていた。

あれだ――

と、光の君は思った。

見て、すぐにわかった。

しばらく前の晩、あわわの辻《つじ》からの帰りに出会ったものだ。

それが、ふわりと宙に浮き、道満と光の君の前に降り立った。

「とうとう、ここまで来たか、道満……」

それが、泥の煮えるような声で言った。

黒い、神人《じにん》の衣《きぬ》を纏《まと》った漢《おとこ》であった。

二

「大酒《おおさけ》の神に仕える者の中に、隠祝《こもりはふり》というのがいると耳にしたが、それがぬしか――」

道満《どうまん》は言った。

「隠祝《こもりはふり》の名を知っていたかよ。道満――」

「見るのは初めてじゃ」

道満は、嬉《うれ》しそうである。

神に仕える神職には、様々な呼び方がある。主神司《かんづかさ》、宮司《みやづかさ》、禰宜《ねぎ》、神人《じにん》、祝《はふり》などがそれだ。

このうち、神人《じにん》、祝《はふり》の者は、雑役にあたる者たちだ。神人《じにん》などは、時に武器を手にして、僧兵《そうひよう》となったりする。

祝《はふり》は、罪や汚れを放《はふ》り清《きよ》めるという時の放《はふ》りのことで、通常は、神職としては禰宜より下級の職である。

祝《はふ》るに近い言葉に、葬《はふ》るがあり、このことからもわかるように、めでたい行事のみでなく、忌むべき事や物も、祝《はふり》のあつかう対象となる。

人の死に関わる職である。

ちなみに、放《はふ》るの〝放〟は、木に吊《つ》るした屍《しかばね》を殴《う》ち、悪霊を追い払うという意の文字で、すなわち祝《はふり》という職は、汚れや悪霊、魑魅魍魎《ちみもうりよう》から、神や人を守るのが仕事ということになる。

「名は？」

道満が問えば、

「隠祝《こもりはふり》が、名を言うと思うたか、道満よ」

漢《おとこ》は言った。

齢《とし》は、五十歳を幾つかまわっているくらいであろうか。

「あわわの辻《つじ》で会うたな？」

道満が問うても答えない。

黒い衣の内側に、手を隠し、腰をかがめて道満を見つめているのは、その手に、何か武器でも隠し持っているのかもしれなかった。

「呪師《のろんじ》の連中のひとりに、爺《じじ》いに化けて虫寄せの技《わざ》を使《つこ》うたな」

この問にも、隠祝の漢は答えなかった。

「忍海《にんかい》様、こやつら、殺して犬にでも喰《く》わせまするか――」

隠祝の漢は言った。

「殺せるか、このおれを!?」

道満が、唇の両端を吊りあげる。

「試してみるかよ――」

隠祝の男の身体が、その時、じわりと膨らんだように見えた。

その時――

「困りますね――」

涼しげな声が響いた。

光《ひかる》の君《きみ》であった。

なに!?

と、隠祝の漢が、光の君を見た。

「ここで、殺し合いをなさろうというのなら、それはそれでかまいませんが、もう少し後にしていただきたいものですね」

怯《おび》えている声ではない。

光の君は、隠祝の漢を見て、笑った。

澄んだ笑みであった。

その光の君の落ち着きぶりが、そこで始まりかけたものの温度を、いったん冷《さ》ましたようであった。

「何故《なにゆえ》じゃ――」

隠祝が問う。

「始まれば、おふたりの争いに、わたしも巻き込まれることになりましょう――」

「もう、巻き込まれておる。殺すと言うたは、ぬしも含めてのことぞ――」

「殺されませぬ」

「ほう……」

「道満殿のような、妖物を相手にして、それを殺せると思う方がいらっしゃるとはねえ」

「おれに、道満が殺せぬと?」

「はい」

「ならば、止めぬでよいではないか――」

「いいえ、ここで、もしも、おふたりが争うて、あなたが死ぬようなことにでもなったら――」

「なったら？」

「わたしの知りたいことを、知ることができなくなってしまいまする故――」

「なに!?」

「隠祝殿、あなた様が死なれては、たとえ御本人は死なずに生きておられたとしても、忍海様は、もう、わたしの訊《たず》ねることに答えてはくださらぬことでしょう」

「何じゃ、その訊ねたきことというのは？」

「あなた方の、神についてです」

「何じゃと？」

「我が妻のことでうかがいましたが、それはそれとして、これまでの話、興味深く耳にしておりました――」

「ほう……」

「あなた方の拝む神というのは、いったいどのような神なのでしょう。まず、我が妻がこの前に、わたしはそれが知りたいのですよ――」

光の君に問われて、

か、
か、
か、
と隠祝は嗤《わら》った。

「ぬしは、生命乞《いのちご》いをするのかと思うたら、なんと我らの神について知りたいと申すか
——」

「はい」

「妙な漢を連れてきたのう、道満……」

隠祝の内部に張りつめていた、何かが柔和《なご》んだようであった。

「わたしたちを殺すつもりであれば、その前に、あなた方の神について、教えてはいただけませぬか——」

「はてさて、妙なことになってきたわい。我らの神のことを隠そうとて、ぬしらを殺そうというのに、ぬしは、その神について我らに自ら語れと言うているらしい——」

「言うております」

光の君は、まよいもせずに言った。

「ふん……」

隠祝は、右手を頭にやって、そこを指先で掻《か》いた。

「どうする、忍海――」

　隠祝は問うた。

「どうすると言われても……」

　忍海は忍海でとまどっている。

　それを、道満が、にやつきながら眺めている。

「ちっ」

　と舌を鳴らした隠祝の顔が、苦笑した。

「よかろうよ、語ってやろうか、なあ、忍海……」

　隠祝の忍海に対する口調が変化した。

「う、うむ」

　つられて、忍海はうなずいている。

「何なりと、訊ねるがよい、源氏《げんじ》の大将殿よ――」

　隠祝が、胆《はら》を決めた顔で、そう言った。

三

「あなた方のその神には、名があるのですか？」

光《ひかる》の君《きみ》は、まず、そう問うた。

「あるとも――」

隠祝《こもりはふり》は言った。

「我らが神の名は、唐《とう》では、いや、この日本国にても、阿羅訶《エロハ》、もしくは阿羅訶《エロヒム》と呼ばれている。あるいは、やはへと呼ばれることもある」

「その神を祈ると、その神は我々に何をしてくれるのですか――」

「天の国への生まれかわりじゃ……」

「天の国?」

「うむ」

「して、それは、たれでも生まれかわることができるのでござりますか」

「たれでもというわけではないが、ある意味では、たれでもということになろうか――」

「それは、神が気に入った者ならたれでもと、そういうことでござりましょうか」

「そういうことじゃ」

「どうすれば、その神は、気に入って下さるのです?」

「信仰じゃ。その神に深く帰依《きえ》し、その神の教えを守り、祈る者なら、たれでも――」

「ははあ――」

光の君は、うなずき、

「ところで、その天の国とは、どのようなところにござりましょう」

あらたに問いを重ねた。

「よきところじゃ」

「どのようによきところなのでござります?」

「そこには、苦痛がない。悦《よろこ》びのみがあり、人は、良き者ばかりじゃ——」

「美しき女は、そこにはござりましょうか」

「むろん。男も女も、そこに生まれかわりし者は、いずれも美しゅう生まれかわる」

「恋はござりましょうか——」

「そのようなことを訊《き》かれたのは、初めてじゃ——」

隠祝は、笑った。

光の君はまた訊《たず》ねた。

「恋はござりましょうか——」

「知らん」

「では、酒はござりましょうか」

「おもしろいことを訊くのう」

「いかがでござります」

「知らん」

「なれば、その天の国、たとえて言うのなら、それは、阿弥陀如来《あみだにょらい》がお連れ下さるという、極楽浄土《ごくらくじょうど》のようなところにござりましょうか……」

「おい、忍海《にんかい》、このお方は、我らに宗論《しゅうろん》をふっかけてきておるぞ」

隠祝は忍海を見やり、

「ぬしから言うてやれ、極楽浄土のことをな――」

そう言った。

忍海は、言われて、

「極楽浄土も、天の国も、同じものじゃ――」

そう答えた。

「同じものとは?」

「これまで、秘されていた経典がある。その経典に、そのこと、記されておる」

「その経典とは?」

「ぬしらの知らぬ経じゃ。教えられぬ。知らぬでよい」

忍海が言った時――

「『世尊布施論《せそんふせろん》』であろう」

道満《どうまん》が言った。

「な、何故、その名を!?」

忍海が、驚きの声をあげた。

この『世尊布施論』は、唐から渡ってきた景教《けいきょう》の経典の漢訳である。

後に、この経典は西本願寺《にしほんがんじ》の経堂に置かれているのを、親鸞《しんらん》が読むことになる。

すると、道満は、

「始布施若左手施勿右手……」

と、低い声で、謡《うた》うように、その言葉を口にした。


汝《なんじ》施《ほどこ》しをなす時右の手のすることを左の手に知られぬようにすべし……


そういう意の言葉である。

「看飛鳥亦不種不刈亦無倉坑……」

道満は、続けた。


飛ぶ鳥を見よ。種を撒《ま》かず、刈らず、倉におさめず……


これは、『新約聖書』におけるマタイ伝の「山上の垂訓《すいくん》」の中の一節である。

「山上にて、世尊が教えを垂れた時の言葉じゃ……」

道満は言った。

「どこで、それを⁉」

「坂越《さこし》の社へ忍んだおりじゃ。そこで、読ませてもろうた」

「なんと⁉」

「この経の中の世尊というは、阿弥陀如来のことではない。いや、阿弥陀如来でよいか。なあ、忍海殿……」

「――」

「この世尊、景教の神――いや、神の御子《みこ》というべきか――」

「神であり、神の御子でもある御方《おんかた》じゃ――」

隠祝は言った。

「父なる神、その父なる神の御子、そして聖なる霊、この三つのものは同じものぞ」

忍海が、言い添《そ》えた。

「父なる神の御子と言われましたか――」

光の君が訊いた。

「うむ」

忍海がうなずく。

「御子と言われる以上は、御子を産んだ母がおられるのではありませぬか――」

「おるな」

「父が神であるなら、その母もまた、神というのではないのですか――」

「いや、その母は、神ではない。母は、神の御子をその身体《からだ》に宿しただけの者であり、人じゃ。この母を神と見る者たちもいるが、我らは違う――」

と景教の徒である忍海は言った。

「父なる神、神の御子、そして聖なる霊――この三っつが、三柱《みはしら》の鳥居の真の意味といったところかよ」

道満が言うと、忍海が、言葉に詰《つ》まった。

「大避《おおさけ》の社、大辟《おおさけ》の社とも書く。陀毘泥《だびで》はまた、唐では大辟《だびで》とも書く。これは、偶然《ぐうぜん》のことではなかろうよ」

道満が言った。

「阿弥陀は、光の神。阿羅訶《エロハ》、阿羅訶《エロヒム》もまた光の神にして、太秦《うずまさ》は、光の賜《たまもの》という意――」

「――」

「寺の中に、伊佐羅井《いさらい》なる名の井戸があるが、これは、一賜楽業《いすらえ》のことであろう。景教の経典の裡《うち》に、最初にこの阿羅訶《やはへ》を祀《まつ》ったは、一《い》賜楽業《すらえ》の民であると書かれておるではないか――」

道満は、にいっと唇を吊《つ》りあげて、黄色い歯を見せた。

その道満に、

「道満殿――」

と、声をかけたのは、光の君であった。

「なんじゃ」

「道満殿は、阿弥陀の極楽浄土などはないと言われましたね」

「うむ、確かに言うた」

「極楽浄土と天の国とが、同じであるなら、天の国もまたないということになりましょうか――」

「なるな」

「なるほど……」

光の君はうなずいた。

妙に納得した顔つきであった。

「ぬしは、どう思うておる」

「わたしですか――」

「浄土でも、天の国でもよい。あると思うか――」

「ないということの方が……」

光の君は、いったん言葉を切り、道満、忍海、隠祝の順に視線を移し、

「その方が、心におさめやすく思われます……」

笑った。

「しかし、それよりも、わかりにくいのが、今までうかがったことを、どうしてここまで隠さねばならなかったのでしょう……」

存外に、真面目な顔で、光の君は問うた。

「一度、隠してしもうたからじゃ……」

忍海は言った。

「一度隠したら、隠し続けねばならぬ。仏の教えを広める寺として、この地でここまでやってきたのじゃ。ここで、皆が拝んできたのが、仏ではのうて、景教の神であったことが知れたら……」

忍海の言葉を受けて、隠祝が口を開いた。

「寺への庇護《ひご》はなくなり、朝廷《ちょうてい》や民を騙《だま》し続けてきたという廉《かど》で、この寺など、あっさりと潰《つぶ》され、我ら秦《はた》一族まで、この地を追われることになるやもしれぬ。そうなったら秦道満よ、ぬしも、いずれは無事にはすまぬやもしれぬぞ――」

「おれを、安う見るなよ」

道満は、眸《め》を炯《けい》と光らせ、

「今でも、無事にはすまぬわ。今さら、この道満に、怖《おそ》れるものなどあろうかよ……」

からからと笑った。

「道満よ、ぬし、笑いに来たのではあるまい――」

隠祝が言った。

「うむ」

「訊きたいことがあると言うていたな」

「ああ――」

「何が訊きたいのじゃ」

「神のことじゃ」

「神!?」

「さよう」

「神などおらぬと言うたのではないか」

「言うてはおらぬ。極楽浄土などないとは言うたがな」

「ふん」

「ぬしらの神にも、天の国にも興味はない。他人《ひと》に、この寺の秘事、言うつもりもない。それを証拠に、これまで、知っていながら黙っていてやったではないか――」

「何が訊きたい、言え」

「実は、困っておる」

「ぬしのような化物でも、困ることがあるのか――」

「あるのさ。さっき、このおれにも手に負えぬものがあると言ったろう。いや、困っているというよりは、わからぬことがあるのじゃ。それが気に入らぬ。で、智恵を借《か》りに来たのじゃ」

「ばかに殊勝《しゅしょう》じゃな、道満」

「ふふん」

「で？」

「ぬしらに訊ねたいのは、異国《とつくに》の神のことじゃ。これぱかりは、わしよりも、ぬしらの方が詳《くわ》しかろうと思うてな――」

「ならば、最初から、ぬし自身が来ればよかったのじゃ――」

「来たではないか――」

「その前に、つまらぬ連中に、さぐりを入れさせた……」

「訪《たず》ねる前に、もう少し、この寺の弱みを握っておきたかったでな――」

「糞爺《くそじじ》い……」

「褒《ほ》めてもらって嬉《うれ》しいね」

「言え」

「うむ」

と、うなずいて、道満は、光の君に顔を向け、視線を隠祝にもどしながら言った。

「この男の妻というのが、今、おかしなことになっている」

「うむ……」

「そのことで、絵解きしてもらいたきことがあるのさ——」

道満は言った。

四

「なるほどのう……」

道満《どうまん》の話が終って、隠祝《こもりはふり》がそう言った時には、弥勒菩薩《みろくぼさつ》に斜めに当っていた陽が、東側に逃げて、今は、組んだ右足の爪先《つまさき》あたりを光らせているだけとなっていた。

格子《こうし》窓から入ってくるのは、陽光だけではなく、蟬《せみ》の声も混ざっている。蜩《ヒグラシ》の澄んだ声が、堂内に響いてくる。

「その謎々《なぞなぞ》を絵解きせよということか——」

「そういうわけじゃ」

謎々は、ふたつあった。

ひとつは、

地の底の迷宮の奥にある暗闇で、獣の首をした王が、黄金の盃《さかずき》で黄金の酒を飲みながら哭《な》いている——これ、なーんだ？

である。

もうひとつは、

固《かた》き結び目ほどけぬと、中で哀れな王が泣いている。この結び目ほどくのだーれ。

である。

「それについては、幾つか思いあたる話がございますな……」

つぶやいたのは、忍海《にんかい》であった。

「それは？」

光《ひかる》の君《きみ》が問えば、

「古《いにしえ》の神々と、王にまつわる話じゃ。この神々は、我らの神とはまた別の神にございますが、しかし、いずれの話にも、牛が関わっており、しかも、どちらの話にも、獣の首を持った王、あるいは皇子《みこ》が関わっております……」

忍海は言った。

「あの話じゃな」

隠祝がうなずく。

「我らの神と、これらの神々とは、長きにわたって闘ってまいりました。それ故《ゆえ》、我らは、この異教の神々の幾つもの物語について、知り、記し、今日《こんにち》に至るまで、それを記憶にとどめているのでござります……」

忍海は、窓から差す光の筋を見あげ、

「牛と、獣頭の王、黄金、そして、陽《ひ》の神……」

言い終えてから眼を閉じた。

隠祝は、光の君と道満を見やり、

「その謎々から、牛頭天王《ごずてんのう》の黄泉《よみ》の王素戔嗚尊《スサノオのみこと》、牛に乗りたる大威徳明王《だいいとくみようおう》、同じく牛に乗りたる摩多羅神《またらじん》までたどりて、ついには、我らのもとまでやってきたというのは、たいしたものよ……」

感慨《かんがい》深げにつぶやいた。

「我らは、仏を祀《まつ》りつつ、我らが神を祀ってきたもの
じゃ。この土地の神を祀る賀茂《かも》一族とよしみを通じ、大酒《おおさけ》の社で、賀茂の神を祀りつつ、実は我らが神を祀ってきた。われら

が神阿羅訶《エロヒム》、仏である弥勒仏、賀茂の神である宿《しゅく》の神摩多羅神この三柱《みはしら》の神を祀《まつ》るのは、難《むず》かしきことではなかった。もともと、我らは、父なる神、神の御子、聖なる霊、この三柱《はしら》を合わせてひとつ神と見て、これを拝《はい》してきたのだからな……」

「それは、もうよい。さっき言うていた、ぬしらにとっては異教の神々の物語について、そろそろ語ってもらおうかよ——」

道満が言うと、

「わかった……」

忍海は、眼を開いてうなずき、

「まず、はじめの謎々じゃが、それで思いつくものと言えば、このような神々の物語じゃ……」

そして、次のような物語を、忍海は語ったのである。

五

「これはな、唐の西天竺《てんじく》国よりさらに西の国の物語じゃ……」

忍海《にんかい》は言った。

「その西方《さいほう》の海に、海の神を祭《まつり》する王国の島があった。その国の王の皇子《みこ》が、牛の首をしていたという話よ……」

その国では、毎年、海神に贄《にえ》として雄牛を捧《ささ》げていたというのである。

ある年——

この国の王は、この海神に願って、贄《にえ》として捧《ささ》げるための白い雄牛を海から手に入れた。

ところが、この王は、この白い牛を気に入ってしまい、これを自分のものとし、海神には、贄として別の雄牛を捧げてしまったのである。

これに怒った海神が、呪いをかけた。

王の妻が、人間ではなく、牛に欲望を抱くようにしてしまったのである。

皇后は、この白い雄牛に恋をし、この白い雄牛と、昼と言わず夜と言わず、交《まじわ》るようになってしまったのである。そして、産まれたのが、牛の首を持った皇子《みこ》であった。

この、牛の皇子《みこ》は、産まれつき力が強く、たれかれの区別なく乱暴をはたらくので、ついに王は、この皇子をどうにかせねばならなくなってしまった。

そして、王は、腕のよい大工に命じて、地下に、一度入ったらたれも出てくることができない迷宮《めいきゅう》を造り、そこに、この牛の首をした皇子を閉じ込めてしまったのである。

しかし、この牛の首の皇子に、食事を与えねばならなかった。しかし、なんと、この皇子の食するものというのが、年若い童子と童女であったのである。それで、九年ごとに、この牛の首の皇子への贄《にえ》として、七人の童子、童女を与えることとなった。

ある時、この国にやってきた美しき剣士が、王の娘の助けをかりて、糸玉を使って迷宮へと入り、この牛首の皇子を殺して、無事にもどってくることができた――


そういう話であった。

六

「なるほど、確かに、迷宮の中に棲《す》む、獣の首をした王の話じゃな……」

道満《どうまん》はうなずいた。

皇子ではあるが、王の子であり、獣の首をした王ということから、逸脱《いつだつ》した物語ではない。

「しかし、それが、謎々の答としても、どうして、そのような謎々を出してきたのかというところがわからぬな……」

「黄金の盃《さかずき》で、黄金の酒を飲みながら哭《な》いている――これもわかりませんね」

光《ひかる》の君《きみ》が言った。

「もうひとつの話は？」

道満が訊《たず》ねた。

「そちらは、固き結び目にまつわる話よ……」

隠祝《こもりはふり》が言った。

「固き結び目――その中で哀れな王が泣いているというのは、今のお話にも通ずることですね……」

光の君が、何か想《おも》うところがあるかのように、声をかけてきた。

「ほう……」

と、隠祝が、光の君を見やる。

「固き結び目というのは、見方によっては迷宮そのものにござりましょう。その結び目を解《ほど》くのはたれかというのは、その迷宮から出てくることのできる者はたれかと、そう問うているようにも思えます。ひとつ目の謎々とふたつ目の謎々、実は、これは、同じ謎々のように思えますが……」

「なるほどのう、ありそうな話じゃ。しかし、それについて話をする前に、まず、その結び目の物語をしておこうか。古《いにしえ》のこと故、もはや、これがどこまで真実であるかどうかは、遥《はる》か刻《とき》の彼方《かなた》じゃ。伝えられるうちに、物語は、その時その時、相を変え、王や神々すらも、その物語の裡《うち》で有《あ》り様《よう》を変えてゆく……それを承知で聴くがよい」

隠祝は、そう言って、次のような古き神々についての物語を語りはじめたのであった。

七

唐よりも、遥か西の大地に、古《いにしえ》より続くひとつの国があったというのである。

しかし、この国には王がいなかった。

ただ、ひとつの預言が、古き時代より神からの神託《しんたく》として言い伝えられてきた。

それは——

「この国の王となる者は、牛車《ぎっしゃ》に乗って現われる、何人《なんぴと》たりとも解《と》くことのできぬ結び目で、我が神殿に牛の荷車を繋《つな》ぐであろう」

というものであった。

ある時、牛の曳《ひ》く荷車に乗ってやってきたのはひとりの貧《まず》しい農民の男であった。

この男は、ひとりの息子と共に、この国へ入ってくると、神殿の柱に、この荷車の轅《ながえ》を繋いだ。

この時農民の男が使ったのは、水木《ミズキ》の樹の皮を裂き、それを綯《よ》って作られた縄《なわ》であった。

さっそく、人々は、男が柱に車を繋いだ結び目を解こうとしたのだが、たれも解《ほど》くことができなかった。

「この方こそ、我らの王である」

そして、この農民は、この国の王となったのである。

そこで、あらたな神託が下された。

それは――

〝この結び目を解《と》く者あらばその者は世界の王になるであろう〟

というものであった。

やがて、この農民であった王が連れていた息子が、次の王となった。

この王の世《とき》――

神々のひとりである老神が、葡萄《ぶどう》の酒を飲みすぎて、酔いつぶれ、王の庭で眠っていたというのである。

二代目の王は、この老神を手厚く迎《むか》え、酒と食事で十昼夜にわたって手厚くもてなした。

この老神が、神の宮殿にもどった時、この老神を師として学んでいた別の神は、王に感謝して次のように言った。

「王よ、そなたに礼をしよう。何でも望むことを言うがよい。それを叶《かな》えてやろうではないか――」

王は次のように答えた。

「それでは、私が手に触れるもの全てが黄金になるようにしていただけましょうか――」

「やすいことじゃ」

そうして、王の望みは叶えられたのである。

王が、庭の樹に触れれば、それは黄金の樹となり、花に触れれば、それは黄金の花となった。

たわわに実った果実に手を触れれば、それは黄金の果実となった。

王は悦《よろこ》んだ。

しかし、それも短い時間であった。

何故なら、食事の時、王が食物に手を触れると、それは黄金となり、葡萄《ぶどう》の酒を飲もうとすれば、それは黄金の酒となった。

何かを食べようとすれば、それは黄金となり、酒を飲もうとすれば、それは、黄金の酒となってしまい、食べることも飲むこともできなくなってしまったのである。

これを嘆《なげ》いて、

「ああ、なんとか、これをもとにもどすよい方法はございませんでしょうか——」

王は、ついに神に泣きついたのである。

「これこれの川に入り、身を沈めてあがれば、たちどころにもとの身にもどるであろう」

言われた川にゆき、水の中に身を沈めて出てくると、はたして、王は、もとの身体《からだ》にもどっていたというのである。

また、ある時——

この王は、陽《ひ》の神と、そして牧《まき》の神との、音楽の競《きそ》いあいにたちあった。

牧の神が、葦《あし》の笛を吹き、陽の神が竪琴《たてごと》を弾《ひ》いた。

どちらの曲もすばらしかったが、これを裁くことになった山の神は、陽の神の竪琴の方が素晴《すば》らしかったとして、こちらを勝ちとした。

その場にいた神々も同意見であったが、ただひとり、この王だけが、

「牧の神の葦笛《あしぶえ》の方が優《すぐ》れていたように思われます——」

このように言った。

これに怒ったのが、陽の神であった。

「おまえの耳は、ろくでもない耳じゃ。そんな耳は、人の耳である必要はない」

陽の神は、このように言って、王の耳を驢馬《ロバ》の耳に変えてしまったというのである。

八

「なるほど……」

道満《どうまん》は、静かに隠祝《こもりはふり》の物語に耳を傾けていたのだが、やがて隠祝が唇を閉じると、そうつぶやいてうなずいた。

「ふたつの話を合わせれば、謎々の答になるということかな?」

「そうは、言うてはおらぬ。ぬしらの語る謎々の鬼の話を耳にして、かようの話を思い出したということであってな……」

隠祝はそう言った。

「腑《ふ》に落ちませんね──」

言ったのは、光《ひかる》の君《きみ》であった。

「仮に、それが答として、それに、どのような意味があるのでござりましょう。また、謎々の鬼は、どうしてそのような謎々を出したのでござりましょうか……」

「その通りじゃな──」

道満が、光の君の言ったことに、相槌《あいづち》を打つ。

「黄金の盃《さかずき》に黄金の酒……」

忍海《にんかい》がつぶやく。

「ああ、まだ、言うてなかったことがあった──」

隠祝が、何か思い出したように言った。

「何でしょう?」

光の君が問う。

「さきほど話した結び目だがな、たれも解《ほど》けなかったこの結び目を、後《のち》の世に解《と》いた者がいる……」

「たれじゃ」

道満が言った。

「西からやってきた若き大王じゃ。この大王が、その結び目を、持っていた己れの剣で、一刀のもとに断ち切った。そして、この大王は、預言通り世界の王となったのじゃ――」

「ほう、結び目を剣で切ったかよ……」

道満は、感心したような声をあげた。

「今、うかがった話、もしも、謎々の鬼が知っていて、あのような謎かけをしてきたのだとするなら、謎々の鬼、こちらの太秦寺《うずまさでら》か大酒《おおさけ》の神に縁《ゆかり》あるものということになりましょうか……」

光の君は、まだ、何か考えている様子で言った。

「まさか、我らの神が……」

忍海が言いかけたところへ、

「わが大酒の神は、宿《しゅく》の神にして、我らが神阿羅訶《エロヒム》の後ろ戸《うしど》の神、ともに祀《まつ》られているうちに、知るに至ったということは、むろんあろうが……」

隠祝が言って、言葉を切った。

「何じゃ」

道満が訊《たず》ねる。

「しかし、わが大酒の神が、その男の妻に憑《つ》いて、このような謎かけをする必要があろうか——」

もっともなことを言った。

「道満殿——」

あらたまった声で言ったのは、光の君であった。

「そもそも、道満殿が、こちらの太秦寺までやってこようと考えたのは、いかなる理由があってのことにござりましょう。そろそろ、それをうかがわせていただいてもよい頃あいなのではござりませぬか——」

「そうさな……」

道満は、黄色く光る目玉をぎろりと動かして、弥勒仏《みろくぶつ》を眺めやった。

すでに、陽光は、弥勒仏の足爪からも逃げて、床に格子《こうし》の影を落としている。

「思うところは、あったのさ——」

弥勒仏に話しかけるように、言った。

「思うところ?」

「あの謎々に、妙な匂いを嗅《か》いだのさ」

「どのような匂いを?」

「異国《とつくに》の匂いさ……」

「異国……」

「楽の音もそうではないか。異国から渡ってきたものは、天竺《てんじく》、唐、日本国と所を変えても、調子《しらべ》のどこかにその香りが残っている……」

「蘭陵王《らんりようおう》などのように?」

「そうじゃ」

「――」

「忍海殿……」

ふいに、道満は、忍海に顔を向けた。

「何かな」

「叡山《えいざん》の講堂に、これほどの大きさの……」

と、道満は、床から腹の高さほどのところで、右掌を床と平行にして止めた。

「大威徳明王《だいいとくみようおう》の像がござりますが、あれは、もともとこちらにあったものではなかったかな――」

「よく、御存知で――」

「やはり……」

「空海阿闍梨《くうかいあじやり》が、唐より持ち帰りたる様式の仏にて、我が寺の仏師に彫らせたものにござります」

「ほう……」

「我ら、もともと、弥勒仏を十字の神として拝したが如く、大酒の社の摩多羅神《またらじん》を、寺の方にも置いて拝むつもりでおりましたのですが、なかなか、よい仏がなかったところ、牛に乗りたる明王のあることを知り、これを作らせて、摩多羅神として寺に置いたのでござります」

「それが、どうして叡山に？」

「その昔、円仁《えんにん》大阿闍梨《あじゃり》が、叡山に常行堂《じょうぎょうどう》を建てましたるおり、後ろ戸の神が欲しいと言ってきたのでござります」

「それは、なかなかおもしろい話じゃ……」

常行堂——天台《てんだい》の僧が、常行三昧《ざんまい》の修行をするための堂である。

本尊である阿弥陀如来《あみだにょらい》の周囲を、九十日間念仏しながら回る。この修行のために、仁寿《にんじゅ》元年に、円仁が建てたのが常行堂であった。

「後ろ戸の神は、弥勒仏でもよいし、大黒天でもよいのだが、その昔、釈尊《しゃくそん》の説法を邪魔するためにやってきた外道《げどう》一万人を、後ろ戸にて舎利弗《しゃりほっ》らが六十六番のものまねして、これを鎮《しず》めた。なれば申楽《さるがく》の神がよかろうと思い、智恵を借りに来たのじゃ——」

忍海は、円仁がいかにもその時そう言ったとでもいうように、声の抑揚《よくよう》まで真似《まね》ているつもりでそう言った。

場所は、天竺の祇園精舎《ぎおんしょうじゃ》――

釈迦《しゃか》如来がそこで説法をしていたというのである。

そこへ、提婆《だいば》が一万人の外道と共にやってきて、木の枝や篠《しの》の葉に幣《へい》を付けたものを持って、踊り叫びながら説法の邪魔をしたと、古伝にある。

この時、釈迦如来の弟子であった、阿難《あなん》、舎利弗《しゃりほつ》、富楼那《ふるな》の三人が、鼓や笛などの楽器を用意し、そこで六十六番の中楽《ものまね》をしたというのである。すると、一万人の外道たちは、静かになって、この六十六番の中楽《ものまね》を見物したので、釈尊は、無事にそこで説法をし終えたというのである。

円仁は、そのことを言っているのである。

「中楽《さるがく》と言えば、その神は摩多羅神。摩多羅神と言えば、この寺じゃ。摩多羅神を、叡山の常行堂に勧請《かんじょう》したいのだが、よい智恵はないか――」

円仁は、そのように言ったというのである。

しかし、大酒の神は、摩多羅神にして宿《しゅく》の神――その御神体は石《いわ》である。

「その石を割って、さしあげるわけにはまいりませぬ」

と、忍海は言った。

「そこで、我らはよきことを思いつきました。弥勒仏の横に安置してあった、大威徳明王を、後ろ戸の神として、円仁阿闍梨《あじゃり》にお渡しすることにしたのでござります」

摩多羅神は、牛に乗りたる神にござりますれば、この大威徳明王を、摩多羅神と見立てて、常行堂の後ろ戸に祀りすればよいのではありませんか——

しかも、この太秦寺では、まさにこの大威徳明王を、摩多羅神として拝してきたのである。

「そのことまで言うたのか？」

道満が問う。

「さあて、何しろ、百数十年も前のことにござりますれば、そこまで言うたかどうかまではわかりませぬ——」

ともかく、円仁は承知して、ありがたく、その大威徳明王を、叡山にもらい受けることにしたというのである。

「なるほど、そういうことかよ……」

「何が、そういうことなのでござりますか？」

光の君が問う。

「もしかしたら、はずしたかもしれぬということよ。いや、おそらくは、はずした……」

「何をはずしたと？」

「謎々の答は、牛の首をした迷宮の皇子でも、驢馬《ロバ》の耳をした王でもないということだ。しかし、それがわかっただけでも無駄ではなかったということだな。いや、むしろ、そうでないことを確認するために、ここまでやってきたとも言えるがな……」

「では、道満殿には、はじめから、別のお考えがあったということでござりましょうか――」

「そういうことになるか――」

「それは、どういう考えでござりますか?」

「今は、口にせぬ方がよかろうよ。今はな……」

「では、いつ?」

光の君が問うのを無視して、

「帰るぞ……」

道満は言った。

「帰る?」

「用事はすんだということさ。早く帰らねばならぬ。これから、ぬしは忙《いそが》しくなるぞ」

「何故、忙しくなると?」

「ぬしが、六十六番のものまねをせねばならなくなったからよ」

「もの真似!?」

「忍海殿、隠祝殿、これで帰るが、異存はあるまい。それとも、まだ、我らを殺そうとするか――」

「騒ぐな、道満。もう、その気は失《う》せたわ。そこな若いのに感謝するのだな――」

隠祝は言った。

「うむ――」

うなずいて、

「帰るぞ――」

もう、背を向けて、道満は歩き出していた。

九

その日の夕刻――

頭中将《とうのちゅうじょう》は、光の君《ひかるきみ》の訪問を受けた。

頭中将の顔を見るなり、

「人払いせよ」

光の君は言った。

さっそく、人払いをして、光の君は頭中将とふたりきりになり、今、座して向き合っているところであった。

白い肌に、澄んだ眸《め》、赤い唇にあるかなしかの笑みが浮いているのはいつもの光の君であったが、常と違うのは、その身体が纏《まと》っている霊気のようなものであった。

ゆるやかで、しかしどこか冷たく澄んでいて、よく切れる刃物が持つ光芒《こうぼう》に似たものが、光の君にはまとわりついているのだが、これまで、その刃《やいば》の部分が周囲に向けられているということはなかった。だが、今、その刃の刃先は、鞘《さや》から抜き放たれて、外へ向けられている——そのように見えるのである。

「妹に何かあったか⁉」

頭中将は、そう問うた。

妹というのは、光の君の妻、葵《あおい》の上《うえ》のことである。

「それは変わらずじゃ……」

光の君は言った。

庭には、ゆっくりと夜の闇が迫りつつあった。

蟬の声はすでに止んでいて、庭の木立ちや草叢《くさむら》の中で、秋の初めの虫が鳴き出している。

灯火を点《とも》してもよい頃あいなのだが、人払いをしてあるため、灯《あか》りはない。

その薄闇の中で、

「では、何じゃ」

頭中将が問うた。

「頼みがある」

「どのような頼みじゃ」

「受けてもらわねば困る。おまえしかおらぬのだからな——」

「だから、どのような頼みじゃと訊《き》いている——」

「明日の夜、叡山《えいざん》まで登ってほしいのじゃ」

「叡山!?」

「我が妻も一緒じゃ」

「なんじゃと!?」

頭中将の声が高くなったのは、しかたがない。

光の君の言うように、葵の上の容態が、これまでと同じであるというのなら、とてもそのようなことなどできまいと考えたからだ。

しかも、葵の上は、光の君の子を妊《みごも》っている。

「手輿《たごし》にて運ぶ。歩かせるわけではない」

「そうは言うても……」

「頼む。おまえしかおらぬ」

光の君は言った。

巻ノ十　常行堂の宴

一

比叡山《ひえいざん》――

常行堂《じょうぎょうどう》。

周囲は、杉の森であった。

その森の中に、ぽつんと常行堂が建っている。

深い闇の中だ。

闇が海のように広がり、その闇の海の底に、常行堂が、さらに濃い闇の如くにわだかまっているのである。

その後ろ戸側――

堂の裏手に、わずかばかりの広場がある。

堂のぐるりを、濡《ぬ》れ縁が囲んでいる。

堂の正面側の濡れ縁に、階段《きざはし》が設けられているが、後ろ側の濡れ縁にも階段《きざはし》が設けられている。

その階段《きざはし》の下——土の上に、長めの手輿《たごし》が置かれていて、その上に、ひとりの女が仰向けに横たわっている。女の身体の上には、夜着が掛けられているが、見て、そうとはっきりわかるほど、腹が盛りあがって、その夜着を下から押しあげているのである。

女は、その胎内《はら》に子を孕んでいるらしい。

そのわずかな広場にだけ、梢《こずえ》の上に顔を出した月が影を落としている。

そして、広場の四隅に、篝火《かがりび》が焚《た》かれていた。

赤あかとした炎がゆらめいて、闇の中にあって、その広場にだけ、かろうじて灯《あか》りがある。

ただ、その灯りがあるため、周囲の森の闇の濃さは、いっそう深まっているようであった。

女が横たわった輿の前に、光の君が立っている。

その横に、頭中将《とうのちゅうじょう》、蘆屋道満《あしやどうまん》、惟光《これみつ》、そして、青虫《あおむし》、虫麻呂《むしまろ》、夏焼太夫《なつやぎたゆう》の姿もあった。

皆は、西の空にまだ陽の明りの残る夕刻には、この場に集まっていた。

光《ひかる》の君《きみ》が命じて、この場にはたれも近づかぬようにと、叡山の僧たちには伝えてあった。

頭中将は、緊張のため、顔が強《こわ》ばっている。

惟光は、その膝《ひざ》の震えが止まらない。

青虫は無表情で、炎の色で見ても、顔から血の赤みが失《う》せているのが、夏焼太夫と虫麻呂であった。

その口元に、嗤《わら》いをへばりつかせているのが、道満であった。

光の君は、ただ澄んだ貌《かお》で、手輿の上の女を見つめている。その、薄赤い、血の色が透けて見えるような唇に、微《かす》かに笑みが点《とも》っているのは、常の通りである。

「はじめからこうすればよかったのかもしれぬがな、いきなり、これをせよと言うても、ぬしは承知しなかったであろう……」

道満がつぶやくと、

「はい……」

光の君がうなずいた。

「おれも、太秦寺《うずまさでら》へ行って、この祭りをする決心がついたのだからなあ……」

道満は、赤い舌をへろりと伸ばして、唇を舐《な》めた。

「この六十六番、無事務《つと》めれば、宿《しゅく》の神は身現《みあら》わしなされましょうか……」

光の君はつぶやいた。

「その昔、厩戸《うまやど》の皇子《みこ》が、橘《たちばな》の内裏紫宸殿《ししんでん》で、仏の故事にならい、秦河勝《はたのかわかつ》にこの六十六番のものまねをさせたという話じゃ。そのおり、それを寿《ことほ》いで、宿の神が顕現《けんげん》したという。その宿の神が知らぬというのであれば――」

「それまでということですね」

「ふん」
道満がうそぶいた。
すでに、六十六番のものまねのための用意は済んでいる。
琴《きんのこと》。
琴《こと》。
和琴《わごん》。
高麗笛《こまぶえ》。
笙《しょう》。
箏《そう》。
篳篥《ひちりき》。
琵琶《びわ》。
龍笛《りゅうてき》。
鼓《つづみ》。
様々の楽器が用意され、さらには、楽《がく》の音《ね》と共に舞うための装束《そうぞく》の用意がされていた。
そして、鞠《まり》も——
「始めましょうか……」
光の君がつぶやいた。

「そうしよう」
道満は、そう言って、鞠を手にとっていた。

二

ぽん、
ぽん、
と、虫麻呂《むしまろ》の打つ鼓の音が響いている。
いい呼吸だ。
自然に、もう、鞠《まり》を蹴《け》っているような気分になっている。
その呼吸に、心を合わせていると、雑念が消えて、肉体が澄んでゆく。
「ゆくぞ」
道満《どうまん》が、両手で、持った鞠を宙に浮かせた。
「ヤカ」
と、それを道満が蹴りあげる。
上鞠《あげまり》の役を、道満がやったのだ。
一丈五尺——

きれいに鞠があがって、光《ひかる》の君《きみ》のところへそれが落ちてきた。

「オウ」

と、右足で光の君がそれを受け、宙に鞠を上げる。

落ちてきた鞠を、

「アリ」

また右足で蹴りあげる。

一丈五尺――

きれいにあがって落ちてきた鞠を、さらに右足で、

「ヤカ」

蹴りあげる。

ちょうど、虫麻呂の打つ鼓の呼吸と合っている。

ぽん、
ぽん、
ぽん、
と、鼓が鳴る。

その音に合わせて、

「オウ」

「ヤカ」

「アリ」

受けて上げた鞠をまた蹴りあげ、それをまたさらに上に蹴りあげる。

いい鞠が、うるわしくあがる。

天に昇りきって、宙に一瞬鞠が静止した時は、それが、もうひとつの月のようにも見える。

鞠を上げている間に、あの感覚が、光の君を襲ってきた。

何かが、何ものかが、ひしひしと闇の中に寄り集まってくる感覚だ。

来ている。

また、あのものたちが。

なるほど、こうすると、あのものたちは集まってくるのか。

最初は、気配だけだ。

闇の中に、闇が凝るが如くに、ほつり、ほつりとあれが集まってくる。もとより、眼に見えるはずのない気配のようなものであるが、光の君にはそれが見えるのである。

その中に、あの三人の猿のような童子たちもいた。

秋園《しゅうえん》。

夏安林《げあんりん》。

春楊花《しゅんようか》。
鞠の精《しょう》だ。
さらに、気配は集まってくる。
そして、森の中の暗がりから、こちらを見つめてくる。
翼あるもの。
板のかたちをしたもの。
柄杓《ひしゃく》の形をしたもの。
嘴《くちばし》のあるもの。
長いもの。
短いもの。
這《は》うもの。
歩くもの。
うずくまるもの。
立つもの。
浮くもの。
二本足で歩く犬。
小坊主。

鳥の首に狸の胴をしたもの。

百足《むかで》に人の顔つきたるもの。

人の頭に蜘蛛《くも》の脚《あし》生やしたるもの。

歩く魚。

角生やしたる女。

鬼。

あらゆる精霊や、ものが、ひしひしと闇の中で寄り合い、ひしめきあっているのである。

そして、息を殺して、光の君の蹴りあげる鞠を見つめている。

その中には、あの、赤子の姿の天一神《なかがみ》もいた。

もとより、これは、頭中将《とうのちゅうじょう》、惟光《これみつ》には見ることはできない。

ただ、普通でないものは感じているらしい。

何か、ただごとでないことが、ここで起こっている。

それを証明するかのように、頭中将と惟光の首筋の毛は、逆立っていた。

鞠が、くるくると月の天にあがる。

次に、その鞠が、遠くへ飛ぶ。

光の君が、疾《はし》る。

滑り込んで、

「オウ」

右足でそれを受ける。

延足《のべあし》だ。

落ちてくる鞠を、肩で受け、背中側へ落として、振り返りながら蹴る。

帰《かえ》り足《あし》。

落ちてきた鞠を、胸で受け、腹、腰、腿《もも》、膝《ひざ》、臑《すね》と身体にそって転がして、沓《くつ》の上に来た瞬間に、それを蹴りあげる。

傍身鞠《みにそうまり》。

とんぼうがえり。

篝火《かがりび》を車に見たてた、くぐりがえり。

全部で十に余る技を披露《ひろう》して、光の君は、一度も落とすことなく、鞠を道満に返した。

その時には、青虫《あおむし》が、龍笛《りゅうてき》を持って、光の君の前に立っている。

龍笛を受け取り、それを持って、光の君は歌口を唇に当てる。

月光の中に、なめらかに滑り出てきたのは、青い燐光《りんこう》を放つ蛇であった。

その蛇が、月光の中を泳ぐ。

次々と、蛇が笛の中から現われて、月光の中、天へ昇ってゆくのである。

光の君の身体が、笛の音《ね》とともに光る朧《おぼろ》の蛇となって、天地の間に溶け出してゆくのである。

青虫の眼から、ひと筋、ふた筋、涙がこぼれている。

「なんということじゃ……」

道満の傍にいる虫麻呂が、つぶやいた。

「すばらしい……」

虫麻呂の顔は、うっとりと酔ったような表情になっている。

「おれは、今宵《こよい》、死んでもかまわぬぞ……」

「ふん……」

と笑った道満も、よけいな言葉ははさまない。

龍笛が終って、次に青虫が渡したのが、琴《きんのこと》であった。

土の上に座して、光の君が、琴《きんのこと》を弾きはじめる。

鈴《りん》！

と、琴《きんのこと》が鳴る。

鈴、鈴、鈴、鈴。

絃《いと》の音のひとつずつに、集まってきたものたちが、
応、
と、声なき声をあげる。

溜《た》め息をつく。

風が騒ぐ。

集まってきたものたちが、隣のものたちと触れあい、くっつきあって、ひとつのものになってゆく。

それが、風に乗って、流れはじめる。

琴《こと》。

和琴《わごん》。

高麗笛《こまぶえ》。

笙《しょう》。

篳篥《ひちりき》。

琵琶《びわ》。

鼓《つづみ》。

光の君が、次々にものまねして、楽器を変えてゆく。

天地がそれに呼応する。

全山が、嚠々《りょうりょう》と音をたてて鳴り響く。

ものたちが、ひとつになってゆく。

渦を巻きはじめている。

相夫恋《そうふれん》。
仙神歌《せんしんか》。
広陵《こうりょう》。
二十に余る曲を、光の君は奏《そう》し終えた。
次が、舞であった。
すでに衣装を身につけた頭中将があらわれて、舞いはじめている。
青虫が龍笛。
虫麻呂が鼓。
夏焼太夫《なつやぎたゆう》が、琵琶。
柳花苑《りゅうかえん》である。
この舞が終った時には、すでに光の君は、次の舞の装束を身につけている。
春鶯囀《しゅんのうでん》——
唐の太宗《たいそう》が作って舞った曲であると言われている。
四人、六人、あるいは十人で舞う曲だが、今は光の君がひとりで舞っている。
月光の中に、光の君の手がひらりと動く。
優雅に足が地を踏み、地の神に問う。
そは何ものか。

そして告げる。

目覚めよと。

足が踏むそばから、そこに花が咲き、はなびらが舞う。

続いて、青海波《せいがいは》。

鳥兜《とりかぶと》を被《かぶ》り、野菊を挿頭《かざし》にして、太刀を帯びている。

青海波の文様のある袍《ほう》の片肩を脱ぎ、袖《そで》の振りで、寄せては返す波の動きをあらわす二人舞《ふたりまい》である。

太平楽《たいへいらく》。

蘭陵王《らんりょうおう》。

海仙楽《かいせんらく》。

迦陵頻《がりょうびん》。

酣酔楽《かんすいらく》。

喜春楽《きしゅんらく》。

舞の途中で、夏焼太夫が、これに加わった。

祇園精舎《ぎおんしょうじゃ》で、ものまねしたおり、阿難《あなん》、舎利弗《しゃりほっ》、富楼那《ふるな》の三人がやった役割を、今、光の君、頭中将、夏焼太夫がやっているのである。

十に余る舞を、光の君は舞った。

疲労が、光の君の身に重ねられ、積もってゆく。すでに肉の限界は超えているはずなのに、酔ったように光の君は踊っているのである。

疲労が重なれば重なるほど、いよいよ軽《かろ》がろと、光の君の身体は月光の中に浮きあがってゆくようである。

天が回ってゆく。

星が動いてゆく。

舞の後、光の君はひとりになった。

月光の中に、光の君はただひとり、立っている。

次が唱歌《そうが》であった。

楽器に合わせて唄《うた》われる歌だ。

光の君の発する声の中で、闇が、軋《きし》むように音をたてている。

声と、楽の音が重なり、樹々のざわめきが、さらにそれに和した。

何曲唄ったか……

すでに、光の君の声は、掠《かす》れている。

それでも、光の君は唄い続けている。

もはや、光の君に、自身が唄っているという認識はない。ただ、光の君の肉体が、風に梢《こずえ》が鳴るが如くに、天地のあわいの中で、闇に鳴り響いているだけだ。

〽心凄《こころすさま》じきもの
夜道《よみち》船路《ふなみち》　旅の空
旅の宿
木闇《こぐら》き山寺の経の声
想うや仲らいの飽《あ》かで退《の》く……

これを唄い終えて、光の君は唇を閉じた。
楽の音が、止んだ。
「あと、ひとつぞ……」
道満の声が響く。
あと、ひとつ……
何があとひとつであったか。
光の君は、唄の途中から、考える力を失いかけていた。
いや、己れという存在が、この天地へ溶けきってしまったようであった。
まねごとをするというのは、こういうことであったか。
鞠を上げるというのは、こういうことであったか。

楽を奏するというのは、こういうことであったか。

舞うというのは、こういうことであったか。

唄うというのは、こういうことであったか。

鞠に、己れを消してゆく。

楽に、己れを消してゆく。

舞に、己れを消してゆく。

唄に、己れを消してゆく。

自分の身を、心を、蹴るたびに、奏でるたびに、舞うたびに、唄うたびに、少しずつ削って、天地の中に捨ててゆく……

いや、捨てるのではない。

溶けてゆくのだ。

哀しいであるとか、嬉《うれ》しいであるとか、心の中に揺れているあれもこれもが、鞠と共に、楽と共に、舞と共に、唄と共に、いずれかへ去っていってしまったようだ。

もしかしたら、己れ自身も……

いや、まだ、自分は、ここにいる。

ここに立っている。

しかし、なんとあやうく、自分はここに立っていることか。

見あげれば、星が見える。

風が吹いている。

この天地の間に、ただひとりだ。

「あと、ひとつじゃ……」

その声が響く。

何がひとつなのか。

それが、もう、わからない。

闇の中に満ち、寄りあっていたものが、今は、ひとつとなって、自分の周囲で渦を巻いている。

それが、ごうごうと音をたてているようだ。

自分も、そのもののひとつなのではないか。

たやすく、自分は、そのものの中に溶けてしまいそうであった。

そうなれたら、自分は、どんなにか、楽であろうか。

ひどく、温かだ。

たれかが泣いている。

女の泣き声のようであった。

独りだった。

ただ、独り。
宇宙の虚空に自分は浮いているのである。
あの夢か。
時おり見るあの夢を、また、自分は見ているのか。
この温かな、虚空が居心地がよい。
こここそが、自分の居場所であるような気がする。
自分は、ものだ。
もののけだ。
ものの根源のものであり、全てのものに宿るものだ。
ああ、自分だけではない。
全てのものが、自分と同じ形式、同じ様式でこの世にあるのではないか。
天地の間に、宙ぶらりんになっているのは、たれか。
この温かな虚空の中で、泣いているのはたれか……
「また、そやつらとたわぶれあそびをするつもりか、もどれなくなるぞ……」
たれかが、声をかけてくる。
たれの声であろうか。
「あと、一番じゃ……」

そういう声も聴こえる。

母親の胎内というのは、かようなものであったか。

いつまでも、自分はここにいたいのだ、ほんとうは。

会う女、出会う女、どの女にも、自分が求めるものがあるとしたら、どの女にも、これはあるのだ、ほんとうはただのこれだけだ……このあたたかさでよいのだよいのだとこのあたたかさがここちよいのだもうよばなくてよいこのじぶんはもうあたたかなよいあたたかであたたかなこれでほかのものはもういらないのだとおもうているのはたれであろうかじぶんであろうあろうかかかあろうなそうであろうよなあああ……

その時——

最後の唄が始まった。

天地の間に幾千年置かれていた天鼓《てんこ》が、自然《じねん》に響き出すように——

「ほぎゃあああ……」

いきなり、光の君の唇から、声が洩《も》れた。

言葉ではない。

声だ。

赤子が、産まれる時の、宇宙に対して最初に発せられる声だ。

天地の間に、自分の存在を、最初に象《しろし》めす時の声だ。

意味は、まだない。

しかし、その中に全てがある声だ。

混沌《こんとん》そのものの声。

後に出会わねばならないあらゆる感情が、悦《よろこ》びや哀しみや、悦びでないもの哀しみでないもの、どれでもないもの、どれでもあるもの全てが、その声の中にある。


ほぎゃあああああああああ!!


その声は、天に伸びた。

歌ではないが、歌であった。

唄ってはいないが、唄そのものであった。

光の君の貌《かお》が、凄まじく歪《ゆが》んでいる。

赤子の貌のようになっている。

全身の力で、根《こん》限りの声で、光の君が叫んでいる。

ほぎゃああああああああああああ〜〜〜〜〜〜〜〜〜〜〜

あああああああああああああああああ〜〜〜〜〜〜〜〜〜〜〜

ああああああああああああああああああああ…………

とろけた。

ごうごうと、ものが、頭上で渦を巻いていた。

這うものも、歩くものも、這わないものも、浮くものも、ひとつ目も、みつ目も、柄杓《ひしやく》のようなものも、跳ねるものも、跳ねないものも、歩く犬も、人の首をした百足も、皆ひとつになっている。

そして、天一神《なかがみ》も――

ものとものの区別はもはやそこにない。

人と石は同じものであり、石と草は同じものであり、草と風は同じものであり、風と虫は同じものであり、虫と木々とは同じものであり、木々と楽器は同じものであり、楽器と肉体は同じものであり、肉体と心は同じものであり、心と人は同じものであった。

ああああああああ…………

光の君は、そうして、最後の六十六番目を唄い終えたのである。

光の君は、そこで、もう一度、産み落とされたのであった。

そして――
光の君は、見た。
宿の神を――
翁《おきな》が、そこにいた。

三

翁《おきな》は、階段《きざはし》の中ほどの段に、腰を下ろしていた。

ちんまりとした、猿のような老爺《ろうや》であった。

頭に、唐風の頭巾《ずきん》を被《かぶ》り、浅黄色《あさぎ》の狩衣《かりぎぬ》を身につけていた。

「よきかな、よきかな……」

その老爺――翁は言った。

宿の神にして摩多羅神《またらじん》、全ての精霊の王は、にこやかに笑っていた。

「才あるものは褒《ほ》むべきかな、生まれしものは、祝《のろ》われてあれ。涙はいずれの地にありても、寿《ことほ》ぐべし……」

光《ひかる》の君《きみ》は、言われて、初めて、自分の頰に涙が伝っているのを知った。

「あなたは……」

「そなたが、見るべき通りのものじゃ。そなたに見えている通りのものが、我《われ》じゃ……」

翁の身体が、ゆらりと揺れる。

その輪郭《りんかく》が、一瞬ぼやける。

もとにもどるそのわずかな瞬間、その頭部は猪の首となり、次には牛の首となって、また、もとの老爺の貌《かお》にもどった。

自ら姿を変えているのか、光の君が心に浮かべたものが、一瞬、翁の貌に投影されたものなのか、それはわからない。

「望みは、何かえ……」

翁は言った。

「触れるもの全てを黄金《こがね》に変える力か。はたまた、固《かた》き結び目を断ち切る強き剣か……」

また、翁の身体がゆらりと揺れて、その姿は一瞬、牛に乗った弥勒仏《みろくぶつ》の姿となって、再びもとの老爺にもどった。

「答を……」

「答?」

翁は、光の君の言った言葉を繰り返し、

「答は常に問の中にある。そなたが問う時、すでに、そなたは答を知っている……」

そう言った。

「そこに、我が妻が横たわっております……」

光の君は言った。

頭中将《とうのちゅうじょう》は、ごくりと唾《つば》を呑《の》んだ。

惟光《これみつ》は、歯を喰《く》い縛って、自分の主《あるじ》と翁のやりとりを聴いている。

夏焼太夫《なつやぎたゆう》、青虫《あおむし》、虫麻呂《むしまろ》は、無言であった。

道満《どうまん》だけが、腕を組み、おもしろそうに光の君と翁を見つめている。

光の君は、この翁が、あの天一神《なかがみ》をも含んだものであるということが、よくわかっていた。

「女は、常に、大きな謎々じゃ。どこにも答のない謎々じゃ……」

翁は言った。

「この女の身体の中に、なにものかが潜んでおります。その何かが、この女を蝕《むしば》んでおります。いったい、何が、この女に憑《つ》いているのでしょう……」

「言うたはずじゃ、問うた時に、その答はおまえの中にあるとな――」

翁は笑った。

その貌つきが変化する。

仏の顔になった。

「地の底の迷宮の奥にある暗闇で、獣の首をした王が、黄金の盃《さかずき》で黄金の酒を飲みながら哭《な》いている――これ、なーんだ？」

「固き結び目ほどけぬと、中で哀れな王が泣いている。この結び目ほどくのだーれ……」

仏の顔が、にいっと笑った。

「おまえは、もう、その答を知っている……」

翁の顔が、もとの貌にもどっていた。

「賀茂祭《かものまつり》の時、山から降りて下賀茂へ神移《かみうつ》りするおり、我を、ただひとり見たのがその子じゃ。我がその子を起こしたとも言えるが、自らその子が起きたともいえるがのう……」

「ああっ――」

光の君は、叫んだ。

「おう……」

声をあげて、その顔を手で覆《おお》った。

「ほら、ね……」

翁の貌が、赤子の顔になり、その顔が光の君の貌になり、それが、もとの翁の貌となって――

「ああ、知りたるもの、は哀しや。見えたるもの、は悲しや。しかし、それが人の宿業《すくご》じゃ……」

ゆらり……

と、その姿が揺れた。

翁の姿が消えていた。

ゆるく吹く風の中で、篝火《かがりび》だけが、揺れながら燃えている。

火のはぜる音だけが響く。

その音の中に、低く聴こえてくるものがあった。

光の君の、嗚咽《おえつ》する声であった。

四

「どうじゃ、わかったかよ……」

寄ってきた道満《どうまん》が言った。

いつにない、優しい声であった。

光《ひかる》の君《きみ》は、顔をあげ、

「ええ、わかりましたよ……」

静かに言った。

「あれは、わたしです。わたしもまた、あらゆる神々、獣の仲間です。獣の首をして迷宮の中で哭《な》いているのも、そして、固き結び目をほどくのも、わたしです。哀しみの王とは、わたしのことでした。そして……」

「わかったか――」

「はい」

光の君は、うなずいた。

「道満殿は、おわかりになっていたのですね――」

「すぐにではない。おかしいとは思うていた。そうであろうと思うようになったのは、太秦寺《うずまさでら》へ行った後からよ……」

光の君は、輿《こし》の方へ歩み寄った。

そこで、仰向けになり、こんこんと眠っている女の身体の上に、掌を載せた。

「おお、わたしを許しておくれ。全ては、わたしのせいであったのだ……」

女に向かってそう言った。

次に、その手を、盛りあがった腹の上に、優しくあてた。

「御子《みこ》よ、御子よ、この胎内《たいない》で、子宮《このみや》の中で、哭いていたのは、おまえだったのだね、わたしの御子よ。おまえが、この女性に憑《つ》いて、わたしを諫《いさ》めようとしたのだね……」

光の君は言った。

「迷宮とは、おまえの宿る子宮《このみや》のこと。黄金の酒とは羊水のこと。おまえは、わたしに助けを求めていたというのに、わたしは、気づこうとしなかった……」

光の君は、腹の上に、頬をあてた。

「おまえも、見えるのだね。おまえもまた、わたしのように生まれついてしまったのだね。あの祭りの日、山の上から、風となって降りていらしてた宿《しゆく》の神を、翁《おきな》を、おまえは母の胎内にいて見てしまったのだね。あの車の争いが、おまえを揺り起こしたのだ。その神は、猪の首をしていて、おまえに見られたことに気づき、そしておまえを目覚めさせてしまったのだね。母の胎内で、おまえはずっと母の哀しみを啖《くろ》うて生きていたのだね。そして、この父を呪うたのだ。おまえは、母と同様に、わたしを苦しめようとした。苦しめようとしながらも、おまえはわたしに救いを求めていたのだね。おまえは、わたしだ。この国の王の血をひくものだ。おまえのその力に、おまえがこれからどうやって向き合うてゆくのか、それを想うとわたしは、心が痛い……」

あてていた頬を離し、光の君は、まだ胎内にいる哀しみの御子に声をかけた。

「固き結び目とは、おまえの心のことだ。その結び目を解くのは、このわたしがしよう。いや、このわたしがやらねばならないのだ。わたしは、わたしこそを、その結び目から解き放たなければならない。わたしも、おまえのように、今日、この時まで、ずっと、母の胎内で哭いていたのだ。わたしは、おまえだ……」

「さあて――」

という道満の声がした。

光の君が振り返ると、そこに道満が立っていた。

「約束を覚えておるか？」

「約束？」

「事なったあかつきには、啖《くら》わせてもらう約束じゃ」

「思い出しました……」

光の君がうなずいた時――

ふいに、葵《あおい》の上《うえ》が眼を開き、上半身を起こした。

かっと開いた眼で、光の君を見やり、

「最後の謎々じゃ」

にいいっ、
と唇の両端を左右に吊《つ》りあげて笑った。

「からだがひとつ、心がふたつ。まだ名もなきばけもの、どうしたらいい？」

首を傾げ、

「わかるかな」

言ったその眼から、ほろりと涙がこぼれていた。

「こうするのだ」

言ったのは、道満であった。

道満は、懐から、あの、鴨の河原で死んでゆく男に握らせた白い玉を取り出した。

それを、葵の上の腹に乗せる。

すると、その白い玉が、すうっと葵の上の体内に沈み込んだ。

次に道満は、葵の上の腹に両手をあて、

「エロヒムエロヒムマレサバクタニマレサバクタニ――おお我が神よ我が神よ我を見捨てたもうか我を見捨てたもうか……」

言い終えて、手をはなし、その手を宙で合わせた。

「まだ名前のないばけもの、この胎《はら》の中の子じゃ……」

言いながら、道満が両手を開くと、その両手の間から、赤く光る玉が出てきた。

その玉を口にもってゆき、道満が、それをつるりと呑《の》み込んだ。

「約束どおりじゃ。啖わせてもろうたぞ……」

「何をしたのです?」

「この子の、因果を啖うてやったのさ。これで、この子は、生まれてもぬしのようにはならぬ。ただの子じゃ……」

道満が、かっ、と玉を吐き出した。

色が白にもどっていた。

その玉を、道満は懐に入れる。

「おもしろい旅であったなあ……」

道満は言った。

「はい……」

光の君は、静かにうなずいていた。

巻ノ結び

一

六条の屋敷——

光《ひかる》の君《きみ》は、御息所《みやすどころ》と向きあっている。

すでに、庭には、秋の風が吹きはじめていた。

「知っておられたのですね、本当は？」

光の君が訊《たず》ねると、

「はい……」

と、御息所はうなずいた。

「あの方に憑《つ》いた時、わたくしは、それを見ました。あの方の中で、あの方とあなたの御《み》子《こ》が、哭《な》いているのを……」

「それを、何故、黙っていらっしゃったのですか——」

「あなたを……」

と、御息所は言って、いったん言葉を切った。

「わたしを？」

「あなたを、苦しませたかったのです。それから、もうひとつ申しあげておけば、あなたはまだお気づきになっていないようですが、あなたの妻であるあの方が、御子が、御自分に憑《とりつ》くようになされたのですよ。あの方が……」

「だろうと思っておりました……」

いいながら、光の君は立ちあがる。

「わたしを、苦しませようと、図《はか》らずも、わたしの妻もあなたと同じことを考えていたと、そういうことですね――」

光の君は、眼を伏せて、背を向けていた。

去ってゆく、光の君の背に、風が吹く。

秋の風であった。

菊の香りの混じるその風にのって、御息所のすすり泣く声が、光の君をいつまでも追ってきた。

二

葵《あおい》の上《うえ》が、はかなくなったのは、光《ひかる》の君《きみ》の子を、産んでからであった。

生まれた子は、普通の子であり、夕霧《ゆうぎり》と呼ばれ、光の君の死後、左大臣となっている。（了）

あとがき

すみませんが傑作です

夢枕　獏

一

前々から、『源氏物語《げんじものがたり》』には興味があったのである。

日本で一番有名な長編小説――誰でも知っている。これまで、何度も錚々《そうそう》たる顔ぶれの作家が現代語訳をしている。

与謝野晶子《よさのあきこ》、谷崎潤一郎《たにざきじゅんいちろう》、円地文子《えんちふみこ》、最近では瀬戸内寂聴《せとうちじゃくちょう》さん、田辺聖子《たなべせいこ》さん、林真理子《はやしまりこ》さんもやっている。

しかし、誰でも知っているこの小説、いったい何人の方が、全部お読みになっているのか。

ちなみにぼくは、何度か挑戦を試みているのだが、結局、最後まで読むことができずに挫折《ざせつ》しているのである。

であるから、

「『源氏物語』を書いてみませんか」

との依頼を受けた時、正直に告白をしたのである。

「実は、ぼくは『源氏物語』を全部読んだことがないのです」

それに、自信もない。

ぼくの手に余る小説ではないか。

だいたい、ぼくは女性を上手に書ける自信がない。

そういう話をしたら、

「いいではありませんか。そもそも、世間の方たちは、これを恋愛小説と思っているかもしれませんが、これは、ものについての話なのです。もののけのもの、鬼《おに》のことを鬼《もの》と読ませたりする時のもの——そのものについての話なのです」

つまり、夢枕獏《ゆめまくらばく》が書くのにぴったりの小説なのであるというのである。

ああなるほど、とその気になってきてしまったというのが、のせられやすいのか、お調子者なんだかよくわからないのだが——

「では、少し考えさせて下さい」

と返事をしてしまったのである。

とにかく、これは、『源氏物語』を全部読みきるといういい機会を、天が与えてくれたのかもしれないと、思ったのである。

ちょうど、半月ほど海外に出ることになっていたので、そこへ、この『源氏物語』を持ってゆくことにした。海外へ出ると、日本語が恋しくなる。その時に、この『源氏』を読めばいいんじゃないの、という作戦であった。

しかし、これがまたもや挫折《ざせつ》してしまったというのは、ぼくがいけないのか『源氏物語』がいけないのか。

そもそも、この話、登場人物に名前がない。

人称がわからないところも多く、現代の感覚から、この話を眺めれば、物語として破綻《はたん》しているではないか。

主人公の光源氏《ひかるげんじ》に感情移入ができない。

時々、はりたおしてやりたくなることがある。

あっちの女、こっちの女とひらひら舞いよっていくのはいいが、それでいいのか、おまえ、正座させて一度説教《せっきょう》したろか、おい——そんな気持ちにもなってくるのである。

ただ、こんな私でも、魅《ひ》かれずにはおられないのが、匂いたつようなあの文章である。

たとえば、あの有名な出だし——

「いづれの御時《おほんとき》にか、女御《にょうご》・更衣《かうい》あまた侍《さぶら》ひ給《たま》ひける中に、いとやむごとなき際《きは》にはあらぬが、すぐれて時めき給ふ、ありけり」

呼吸がいい。

読んでいると、心地よい。

これはいったいどういうことか。

平安時代と現代とでは、もちろん男女の価値観も違う。現代に生きる人間が、現代の感覚で、源氏にエラそうに説教たれるのはいかがなものか。そういう思いもまたあるのである。

うーん、わからん。

迷いに迷ったあげく、結局、

「ああ、これは、おれの手におえるような話ではない」

これが、ぼくの結論であった。

担当編集者に会って、正直にギブアップ宣言をしたのである。

それで、依頼者と大阪で会う機会があったので、ギブアップした話をしようと思っていたら、

「『源氏物語』どうなってますか――」

先手を打たれてしまったのである。

あらら、担当者が伝えてなかったのかと、その場にいた編集者に、

「どうなってるの？」

という視線を送るのだが、彼はぼくと視線を合わせようとしないではないか。

ぼくは、ただ独りとなってしまったのである。味方はどこにもいない。

こうなったら仕方ない。

「やります」

ぼくは、覚悟を決めて、返事をしてしまった。

「ただし、どんな話になっても知りませんよ。ぼくのやり方でやっちゃうので、『源氏物語』になるかどうかわかりませんよ――」

「もちろん、好きなようにやってもらってかまいません。どうぞどうぞ」

というので、ついに、書いてしまったのである、『源氏物語』――これが本書『翁―OKINA』である。

結論から言えば、書いてよかった。

それは、本書が、凄《すご》い傑作となってしまったからである。

二

しかし、書くとは決めてみたものの、『源氏物語《げんじものがたり》』を読んでないという事実が消えたわけではない。

どうしたらいいのか。

もちろん、依頼されているのは、『源氏物語』の現代語訳ではない。『源氏物語』を題材にした、新しい物語を書くことである。

しかも、ただでさえ、仕事でいっぱいいっぱいのところ、そこへこの『源氏』を押し込んで、一年で書きあげねばならないのだ。

京都在住のO氏、H氏にこれを相談した。

「正直に言いますけど、ぼく、『源氏物語』を全部読んだことないんです」

と言うと、

「ぼくだって読んでません」

「わたしも読んでいませんよ」

ふたりは、涙が出そうなくらい優しい言葉をかけてくれたのである。

おそらく、O氏もH氏も、『源氏物語』を全部読んでいるはずなのだが、ぼくを勇気づけるために、かような言葉をかけてくれたに違いないのである。

「いっそ、『源氏物語』の入門書を読んで、それで読んだことにしちゃおうと思っているのですが――」

「あ、それ、いいじゃないですか」

「賛成」

というので、さっそく買い込んできた入門書を読んだのである。

そうしたら、『源氏物語』は、何人もの人間が書いたものであるという説や、あんな説やこんな説、いろいろあって、そもそも定説がないのだということが、これに書かれているではないか。

しかも、須磨《すま》がえりといって、第十二帖の須磨《すま》の巻まで読んで、そこで挫折《ざせつ》してしまう読み手がたくさんいるのだということも、ここに書かれている。

なるほどなるほど。

しかし、何冊かの入門書で勇気はもらったものの、アイデアをもらったわけではない。

そういう時に、藤本由香里《ふじもとゆかり》さんと会う機会があって、この話をしたら――

『『あさきゆめみし』があるじゃない」

というではないか。

「あっ」

とぼくは声をあげた。

そうだったそうだった。

大和和紀《やまとわき》さんのお描きになった少女マンガ『あさきゆめみし』があることを、ぼくはころっと忘れていたのである。

「いや、本当にその通りです。大事なことを忘れてました」

「わたしが、送ってあげます」

と、たのもしい、由香里さんのお言葉なのであった。

そして――

後日わが家に届いたのが、『あさきゆめみし』全十三巻だったのである。

しかも、本編にはない、源氏と六条御息所《ろくじようのみやすどころ》との、ラブラブのシーンまで、このマンガには描かれていたのである。

こうして、ぼくは、マンガという現代語訳で、『源氏物語』をなんとか最後まで読むことができたのである。

ありがとうございました、藤本さん。

三

そんなわけで、ぼくは、ようやく自分版『源氏物語《げんじものがたり》』――『翁 -OKINA』を書き出すことができたのである。

最初に書いておいたが、凄《すご》い話だぞ、これは。

何しろ、あの、蘆屋道満《あしやどうまん》が出てくるのだ。

蘆屋道満が案内役で、光源氏《ひかるげんじ》と道満のふたりが、京の都で、古代史をめぐる旅をするのである。

古代エジプト、ギリシア、唐――と、神話をたずねて旅するその案内人蘆屋道満がメフィストフェレス役――となると自然に、光源氏がファウスト博士役となる。

葵《あおい》の上《うえ》に憑《とりつ》いた謎々の鬼が出した謎々、「地の底の迷宮の奥にある暗闇で、獣の首をした王が、黄金の盃《さかずき》で黄金の酒を飲みながら哭《な》いている――これ、なーんだ？」

なかなか意味深な謎々でしょう。

これを解くために、ふたりは神話の旅をするのである。

傑作です。

なるほどなあ。

自分だけの発想でやっていたら、まさか『源氏物語』をやろうなどとは思わない。

「夢枕に源氏をやらせてみたい」

と思った方がいたからこそのことだ。

生まれて初めて、自分でない人間が発想したものを小説にしたが、それが、かような傑作を生むこともあるんだねえ。

いや、おもしろい日々でした。

しんどかったけど。

傑作ですぜ。

二〇一一年一〇月十七日
四国にて——

本作品は、「デジタル野性時代」にて二〇一〇年十二月、二〇一一年二月から十一月まで配信された小説を、加筆・修正し文庫化したものです。

秘帖《ひちよう》・源氏《げんじ》物語《ものがたり》

翁《おきな》-OKINA

夢枕《ゆめまくら》 貘《ばく》

角川文庫 17164

平成二十三年十二月二日　初版発行

発行者—井上伸一郎
発行所—株式会社角川書店
東京都千代田区富士見二—十三—三
電話・編集（〇三）三二三八—八五五五
〒一〇二—八〇七八
発売元—株式会社角川グループパブリッシング
東京都千代田区富士見二—十三—三
電話・営業（〇三）三二三八—八五二一
〒一〇二—八一七七
http://www.kadokawa.co.jp
印刷所—大日本印刷　製本所—大日本印刷
装幀者—杉浦康平

ゆ 3-10　ISBN978-4-04-100190-5　C0193

角川文庫発刊に際して

角川源義

第二次世界大戦の敗北は、軍事力の敗北であった以上に、私たちの若い文化力の敗退であった。私たちの文化が戦争に対して如何に無力であり、単なるあだ花に過ぎなかったかを、私たちは身を以て体験し痛感した。西洋近代文化の摂取にとって、明治以後八十年の歳月は決して短かすぎたとは言えない。にもかかわらず、近代文化の伝統を確立し、自由な批判と柔軟な良識に富む文化層として自らを形成することに私たちは失敗して来た。そしてこれは、各層への文化の普及滲透を任務とする出版人の責任でもあった。

一九四五年以来、私たちは再び振出しに戻り、第一歩から踏み出すことを余儀なくされた。これは大きな不幸ではあるが、反面、これまでの混沌・未熟・歪曲の中にあった我が国の文化に秩序と確たる基礎を齎らすためには絶好の機会でもある。角川書店は、このような祖国の文化的危機にあたり、微力をも顧みず再建の礎石たるべき抱負と決意とをもって出発したが、ここに創立以来の念願を果すべく角川文庫を発刊する。これまで刊行されたあらゆる全集叢書文庫類の長所と短所とを検討し、古今東西の不朽の典籍を、良心的編集のもとに、廉価に、そして書架にふさわしい美本として、多くのひとびとに提供しようとする。しかし私たちは徒らに百科全書的な知識のジレッタントを作ることを目的とせず、あくまで祖国の文化に秩序と再建への道を示し、この文庫を角川書店の栄ある事業として、今後永久に継続発展せしめ、学芸と教養との殿堂として大成せんことを期したい。多くの読書子の愛情ある忠言と支持とによって、この希望と抱負とを完遂せしめられんことを願う。

一九四九年五月三日

角川文庫ベストセラー

沙門空海唐の国にて鬼と宴す
巻ノ一～巻ノ四
夢枕獏
遣唐使として入唐した若き僧・空海と盟友・逸勢は、玄宗皇帝と楊貴妃の悲恋に端を発する一大事件に巻き込まれていく。中国伝奇小説の傑作。

大帝の剣1
天魔の章　天魔降臨編　妖魔復活編
夢枕獏
関ヶ原の戦塵消えやらぬ荒廃の世。剛健なる肉体に異形の大剣を背負って旅を続ける男・万源九郎。彼とその大剣を巡る壮大なドラマが今動き始める。

大帝の剣2
天魔の章　神魔咆哮編　凶魔襲来編
夢枕獏
万源九郎は、豊臣秀頼の血を引く娘・舞とともに江戸を目指す。そして武蔵、小次郎、天草四郎…彼らもそれぞれの思惑のもと江戸に向かっていた。

英傑の日本史
新撰組・幕末編
井沢元彦
土方歳三、坂本龍馬、勝海舟、西郷隆盛、福沢諭吉をはじめ、幕末という大変革期を疾走した男たちの生きざまから、歴史の新たな視点を開く！

英傑の日本史
源平争乱編
井沢元彦
源義経、平清盛、源頼朝、北条政子、武蔵坊弁慶など、その野望と絶望そして悲哀に満ちた生涯から、激動の歴史に隠されたドラマを読む！

英傑の日本史
信長・秀吉・家康編
井沢元彦
信長の独創力、秀吉の交渉術、家康の忍耐力――。軍備から政治経済まで、戦国の常識を打ち破った三傑の姿を追い、歴史の細部に潜む真実に迫る！

霧笛荘夜話
浅田次郎
とある港町の古アパート霧笛荘。不幸に追い立てられここに辿り着いた住人たちが、それぞれ人生の真実に気付いていく。ロマンと人情溢れる物語。

角川文庫ベストセラー

空の中　有川浩

二〇〇X年、謎の航空機事故が相次ぐ。調査のため高度二万メートルに飛んだ二人が出逢ったのは!?　有川浩が放つ〈自衛隊三部作〉、第二弾！

海の底　有川浩

四月。桜祭りでわく米軍横須賀基地を赤い巨大な甲殻類が襲った！　潜水艦へ逃げ込んだ自衛官と少年少女の運命は!?　〈自衛隊三部作〉、第三弾!!

塩の街　有川浩すべての本読みを熱狂させた有川浩のデビュー作!!「世界とか、救ってみたくない？」塩が埋め尽くす塩害の時代。その一言が男と少女に運命をもたらす。

クジラの彼　有川浩

ふたりの恋は、七つの海も超えていく。『空の中』『海の底』の番外編も収録した6つの恋。男前でかわいい彼女達の制服ラブコメシリーズ第一弾!!

シャングリ・ラ　(上)(下)　池上永一

21世紀半ば。熱帯化した東京にそびえる巨大積層都市・アトラス建築に秘められた驚愕の謎とは？新しい東京の未来像を描き出した傑作長編!!

風車祭《カジマヤー》　(上)(下)　池上永一

長生きに執念を燃やすオバァ、盲目の幽霊、六本足の妖怪豚……。沖縄の祭事や伝承の世界と現代のユーモアが交叉するマジックリアリズムの傑作。

バガージマヌパナス　わが島のはなし　池上永一

ある日夢の中で神様からユタ(巫女)になれと命じられた綾乃。溢れる方言と音色、横溢する感情と色彩。沖縄が生んだ鬼才の記念碑的デビュー作！

角川文庫ベストセラー

本能寺（上）　池宮彰一郎
強烈な美意識と凄まじいまでの発想が、旧体制の既得権一切を破壊し尽くす。時代を凌駕する天才信長の壮絶な精神に迫る画期的歴史長編。

本能寺（下）　池宮彰一郎
新時代の構想を模索する信長は、明智光秀こそ後継者と思い定める。しかし、その決断には時代と隔絶した天才ゆえの悲劇が……。

四十七人の刺客（上）　池宮彰一郎
公儀が下した理不尽な処断に抗して、大石内蔵助は吉良上野介暗殺を決意する。両者の息詰まる謀略戦を描き、忠臣蔵三百年の歴史に挑んだ傑作。

四十七人の刺客（下）　池宮彰一郎
侍は美しく生き、美しく死ぬもの――。これは、亡き殿の仇討ではない。侍の本分に殉じるための合戦だ。そして、未曾有の戦いが幕を開けた。

ばいばい、アースⅠ～Ⅳ　冲方丁
天には聖星、地には花、人々は獣のかたちを纏う異世界で、唯一人の少女ラブラック＝ベルの冒険が始まる――本屋大賞作家最初期の傑作!!

黒い季節　冲方丁
未来を望まぬ男と謎の少年、各々に未来を望む2組の男女…全ての役者が揃ったとき世界は新しい貌を見せる。渾身のハードボイルドファンタジー!!

ドミノ　恩田陸
一億の契約書を待つ生保会社のオフィス。下剤を盛られた子役……。東京駅で見知らぬ者同士がすれ違うその一瞬、運命のドミノが倒れていく！

角川文庫ベストセラー

続巷説百物語　京極夏彦
凶悪な事件の横行でお取りつぶしの危機にある北林藩で、又市の壮大な仕掛けが動き出す。妖怪仕掛けが冴え渡る人気シリーズ第2弾。

後巷説百物語　京極夏彦
明治十年。事件の解決を相談された百介は、又市たちとの仕掛けの数々を語りだす。懐かしい鈴の音の思い出とともに。第百三十回直木賞受賞作!!

新選組血風録　新装版　司馬遼太郎
京洛の治安維持のために組織された新選組。〈誠〉の旗印に参集し、騒乱の世を夢と野心を抱いて白刃と共に生きた男の群像を鮮烈に描く快作。

北斗の人　新装版　司馬遼太郎
夜空に輝く北斗七星に自らの運命を託して剣を志し、刻苦精進、ついに北辰一刀流を開いた幕末の剣客千葉周作の青年期を描いた佳編。

豊臣家の人々　新装版　司馬遼太郎
豊臣秀吉の奇蹟の栄達は、彼の縁者たちをも異常な運命に巻きこんだ。甥の関白秀次、実子秀頼等の運命と豊臣家衰亡の跡を浮き彫りにした力作。

司馬遼太郎の日本史探訪　司馬遼太郎
独自の史観と透徹した眼差しで、時代の空気を感じ、英傑たちの思いに迫る。「源義経」「織田信長」「新選組」「坂本竜馬」など、十三編を収録。

疾走（上）　重松清
孤独、祈り、暴力、セックス、聖書、殺人――。十五歳の少年が背負った苛烈な運命を描いて、各紙誌で絶賛された衝撃作、堂々の文庫化！

角川文庫ベストセラー

佇むひと リリカル短篇集　筒井康隆

体制に批判的な人間を土に植え植物化してしまう社会。ついに私の妻も……。シュールな設定に漂う切なさと愛しさが大人の涙を誘う不思議な物語。

信長の傭兵　津本陽

戦国最強の鉄砲集団に、織田信長が加勢を求めた。紀州根来衆の頭目として傭兵を貫き、戦場を駆け抜けた津田監物の壮絶な生涯。『鉄砲無頼伝』続編。

武神の階《きざはし》(上)(下) 新装版　津本陽

毘沙門天の化身と恐れられた景虎に、宿敵・信玄との対決の時が…。生涯百戦して不敗、乱世に至誠を貫いた聖将・上杉謙信の生涯。戦国歴史巨編。

下天は夢か 全四巻　津本陽

織田信長の生涯を、その思考、行動に緻密な分析を加え壮大なスケールで描き出した戦国小説の金字塔にして信長小説の最高峰。文字が大きい新版。

鳥人計画　東野圭吾

日本ジャンプ界のホープが殺された。程なく彼のコーチが犯人だと判明するが……。一見単純に見えた事件の背後にある、恐るべき「計画」とは!?

探偵倶楽部　東野圭吾

〈探偵倶楽部〉――それは政財界のVIPのみを会員とする調査機関。麗しき二人の探偵が不可解な謎を鮮やかに解決する！　傑作ミステリー!!

殺人の門　東野圭吾

あいつを殺したい。でも殺せない――。人が人を殺すという行為はいかなることなのか。直木賞作家が描く、「憎悪」と「殺意」の一大叙事詩。